湖

みずうみ

川端康成

劉子倩——譯

桃井銀平於夏末——或者該說，在此地已是初秋的輕井澤出現。他先去買了法蘭絨長褲換下舊褲子，新襯衫套上新毛衣，但這是個起霧的寒夜，所以連深藍色防水外套都買了。雖是臨時張羅全套服裝，幸好輕井澤很方便。鞋子也有合腳的。舊鞋在鞋店脫下就扔了。不過，舊衣用包袱巾包裹後，又該怎麼處理呢？如果扔進空別墅內，明年夏天之前絕不可能被發現。銀平拐進小路，伸手試推空別墅的窗戶，可窗戶用木板釘死了。現在的他，不敢打破窗子。感覺像犯罪。

現在是否被當成罪犯遭到通緝，銀平自己也不知道。或許被害者並未說出他的犯行。銀平把包袱塞進後門口的垃圾箱。心情豁然輕鬆。不知是避暑客太邋遢還是別墅的管理員偷懶，垃圾箱沒有清掃，包袱往裡一塞，就響起擠壓紙張的聲音。垃圾箱的蓋子被包袱稍微頂起。銀平沒在意。

不過，走了三十步左右後他回頭。從那垃圾箱所在之處，忽見一群銀色飛蛾翩然飛進霧中的幻影。銀平駐足考慮是否該取回包袱，但銀色幻影倏然照得頭上的落葉松發青，旋即消失。落葉松似乎像行道樹那樣排成一列，後方有裝飾著燈泡的拱門。是土耳其浴。

銀平走進院子，抬手摸頭。髮型應該還可以。銀平有一手拿安全剃刀刀片自己修頭髮的絕活，總是技驚四座。

被稱為土耳其小姐的陪浴女，領著銀平去浴室。從內側關上門後，陪浴女脫下白色外袍。上半身只有遮胸布。

那個陪浴女替銀平解開防水外套的釦子，銀平霎時閃身想躲，但是任對方擺佈後，女人在他腳邊跪倒，連襪子都替他脫下。

銀平走進香水浴池。磁磚的顏色，使得池水看似碧綠。香水的味道不大好聞，不過對於一路輾轉信州各家廉價旅社躲藏的銀平來說，這至少是花香。出了香水浴池，陪浴女替他洗淨身體。蹲在他腳邊，連他的腳趾縫，都用少女的玉手替他洗淨。銀平俯視陪浴女的頭顱。一頭秀髮像古人洗完頭那樣披在背後，長度在頸根略下方。

「要洗頭嗎？」

「啊？連頭髮都替我洗？」

「別客氣……我替您洗。」

才剛用安全剃刀的刀片修過髮，被這麼一說才想起，很久沒洗頭了一定很臭吧，銀平驀然有點退縮，但還是雙肘撐著膝蓋把腦袋向前伸，肥皂泡沫打濕頭髮的過程中漸漸不再心虛，

「妳的聲音，真的很好聽。」

「聲音……？」

「對。聽了之後餘音繞耳，甚至捨不得它消失。好像有種非常溫柔的東西，從耳朵深處漸漸滲入腦袋芯子。無論是怎樣的惡棍，聽了妳的聲音，都會想親近人……」

「噢？是我聲音太嗲了吧。」

「一點也不嗲。是難以形容的甜美嗓音……蘊含哀愁，蘊含感情，所

以才清脆悅耳吧。和歌手的聲音也不同。小姐，妳在談戀愛？」
「沒有。要是那樣就好了……」
「喂……妳說話時，不要四處抓我的頭……我會聽不清聲音。」
陪浴女停下手，為難地說，
「太難為情了，我都不敢說話了。」
「原來真的有人聲音像仙女啊。就算只透過電話聽到三言兩語，想必都會好一陣子餘音繞梁。」
銀平真的幾乎熱淚盈眶了。這個陪浴女的聲音，令他感到清純的幸福與溫暖的救贖。那是永恆的女性之聲，或是慈悲的母親之聲吧。
「妳的家鄉在哪？」
陪浴女沒有回答。
「難道是天堂？」
「哪有。是新潟啦。」

「新潟……？市？」
「不是。是小鎮。」
陪浴女的聲音變小，略帶顫抖。
「因為來自雪鄉，所以身體才這麼美啊。」
「我一點也不美。」
「妳的身體固然美，這麼美的聲音更是前所未聞。」
陪浴女洗完，一次次用小桶澆熱水沖洗，最後用大毛巾包裹銀平的腦袋搓揉，替他大略梳理了一下。
然後銀平腰上圍著大毛巾，被送進三溫暖。是打開方形木箱的前方，輕輕被推進去的。箱子上方的木板有個可容脖子通過的洞，脖子安放在中央後，陪浴女蓋上蓋子，脖子也卡住了。
「這是斷頭台。」銀平不禁這麼說，瞪大雙眼感到畏懼，左右轉動卡在洞裡的脖子，四下張望。

「經常有客人這麼說呢。」但是陪浴女沒有察覺銀平的恐懼。銀平看著入口的門，目光停駐在窗戶。

「要關窗子嗎？」陪浴女走向窗戶。

「不用。」

似乎是因為三溫暖內熱氣蒸騰，所以才開著窗，浴室的燈光照在窗外榆樹的綠葉上。榆樹很高大，光線照不到茂密的葉叢深處。在那樹葉的暗影中，銀平覺得似乎隱隱傳來鋼琴聲。琴聲不成調子。無疑是幻聽。

「窗外是院子嗎？」

「是的。」

夜色幽微的綠葉窗口，站著膚色白皙的裸體女孩，於銀平而言彷彿匪夷所思的世界。淺桃紅色磁磚上，女孩赤腳站立。雙腿的形狀看起來就很年輕，但是膝蓋後方的凹陷處有陰影。

銀平覺得自己如果被獨自留在這浴室裡，就像被木板的洞勒住脖子，八成片刻也待不住吧。他坐在貌似椅子的東西上，腰部以下逐漸發熱。身後似乎也是發熱的板子，於是他把背向後靠。箱子似乎三面都很熱，或許也有蒸氣冒出。

「要待幾分鐘？」

「看個人喜好，通常是十分鐘左右……習慣之後也有人待上十五分鐘。」

入口的衣物櫃上方有個小座鐘，定睛一看才過了四、五分鐘。陪浴女把毛巾打濕後擰乾，放在銀平的額上。

「原來如此，蒸久了怕頭暈吧。」

只有腦袋從木板箱子露出來一臉嚴肅，八成很滑稽吧，銀平的心情已從容得有餘裕這麼想，他試著上下摩挲溫熱的胸部和腹部。黏膩濕滑。不知是汗水還是蒸氣。銀平閉上眼。

陪浴女在客人進三溫暖時似乎無事可做，只聞汲取香水浴池的熱水沖洗淋浴場的水聲。在銀平聽來彷彿拍打岩石的海浪。岩上兩隻海鷗怒張雙翅，伸出鳥喙互啄。故鄉的海景浮現腦海。

「幾分鐘了？」

「大約七分鐘。」

陪浴女又擰了毛巾過來，放在銀平的額上。銀平感到冰涼快感的同時，忽然把脖子向前伸。

「好痛！」他驀然回神。

「您怎麼了？」

陪浴女或許以為銀平是被熱氣熏昏頭，撿起掉落的毛巾，放到銀平的額頭，用手按住。

「您要出來了嗎？」

「不，沒事。」

銀平其實是陷入跟蹤這個嗓音甜美的女孩的幻覺。就在東京某處的電車道，那條步道成排的銀杏樹倏忽殘留腦海。銀平已滿身大汗。發現脖子卡在木板的洞裡不能動，他皺起臉孔。

陪浴女離開銀平身旁。似乎是對銀平的狀態有點不安。

「這樣只有腦袋露出來時，我看起來像幾歲？」銀平說，陪浴女遲疑著該怎麼回答。

「男人的年紀我看不出。」

陪浴女連銀平的腦袋都沒仔細看，因此他沒機會說出自己三十四歲。陪浴女想必還不到二十歲。無論看肩膀，看腹部，看雙腿，顯然都是處女。雖然幾乎沒塗腮紅，但臉頰是清純的玫瑰色。

「放我出去吧。」

銀平哀聲說。陪浴女打開銀平咽喉前面的木板，拎著圍在脖子的毛巾兩端，小心翼翼把銀平的脖子拉出來，並替他擦乾全身的汗水。銀平的腰部圍著大毛巾。陪浴女在靠牆的躺椅鋪上白布，讓銀平趴在上面，開始從肩膀按摩。

按摩不是像搓揉那樣摸來摸去，而是用手掌拍打。這點銀平之前從來不知道。陪浴女的手掌是少女的手掌，卻意外用力地不停拍打背部，銀平的呼吸變得斷斷續續，令他想起幼小的孩子，用小拳頭使勁打他這個做父親的額頭，銀平低下頭，孩子就不停打他頭的情景。那是什麼時候的幻影？然而現在，那個幼兒的小手在墳場底下，瘋狂拍打壓在上方的土壁。牢獄陰暗的牆壁從四面八方逼近銀平。他冒出冷汗。

「要塗什麼粉嗎？」銀平說。

「是。您覺得不舒服？」

「沒有。」銀平慌忙說，「因為又冒汗了……聽著妳的聲音，如果還有人會不舒服，那現在正是他要犯罪的瞬間。」

陪浴女驀然停手。

「像我這種人聽了，除了妳的聲音，其他的一切都會消滅。其他的一切盡數消滅當然也很危險，不過聲音無法捕捉也無法追逐，就像不斷流動的時間或生命。不，或許也不是吧。妳隨時都能發出美妙的聲音。可是，當妳這樣沉默時，不管誰怎麼做都無法勉強妳發出美妙的聲音。縱然能讓妳發出驚呼或怒吼或哭聲，但是要不要用自然的聲音說話，是妳的自由。」

陪浴女基於那種自由保持沉默，從銀平的腰部按摩到大腿背面。從腳掌心到腳趾。

「請正面向上……」陪浴女用幾乎聽不見的細小聲音說。

「啊？」

「接著請正面向上……」

「向上……？要仰臥是吧。」銀平按住腰部纏裹的毛巾翻過身來。陪浴女此刻微帶顫抖的呢喃，如花香縈繞銀平的耳中，隨著他挪動身體也跟著飄來。他從不知道，從耳朵也會滲入氣息似的陶醉。

陪浴女緊貼狹窄的躺椅站立，一邊按摩銀平的手臂。銀平的臉孔上方就是陪浴女堅挺的胸部。遮胸布綁得不算緊，可是白布邊緣卻壓得肌膚有點凹陷。不過從胸部到乳房尚未充分成熟地發育隆起。陪浴女的臉算是略微古典的鵝蛋臉，額頭也不寬，但或許是因為頭髮沒有蓬鬆挽成髻，而是梳攏披在腦後，看起來很高，襯托得渾圓的眼睛更加黑白分明。脖子到肩膀的線條也還很單薄，肩窩的圓潤顯得青澀。陪浴女的肌膚光澤過於逼近，銀平不由得閉上了眼。眼中只見木匠用的那種裝釘子的木箱內，塞滿無數小釘子。釘子全部尖銳發光。銀平睜開眼，望著天花板。是漆成白色的。

「我的身體比實際年齡衰老吧，因為吃過很多苦。」銀平呢喃。但他尚未說出年齡。

「我三十四喔。」

「是嗎，很年輕呀。」陪浴女刻意用平板的聲調說。她繞到銀平的頭那邊，按摩靠牆的那隻手。躺椅的一邊緊貼牆壁。

「看我的腳趾，像猴子一樣長，看起來皺巴巴的吧。我經常走路……看到醜陋的腳趾，總會悚然。連那個，都被妳漂亮的玉手按摩了呢。剛才幫我脫襪子時，妳有沒有嚇到？」

陪浴女沒有回答。

「我也是在裡日本[1]的海邊出生的。不過，海岸只有崎嶇的黑岩。我都是打赤腳走路，用細長的腳趾抓住岩石。」銀平半真半假地說。銀平因為這難看的腳，青春期不知說過多少各式各樣的謊話。但是連腳背的皮都厚實發黑，腳底心滿是皺紋，細長的腳趾骨節突起，從骨節詭異地彎曲的確是事實。

此刻銀平仰臥著讓人按摩，看不見雙腳，所以把手搭到臉孔上方遠

---

1 裡日本，日本本州面向日本海的地區。

眺。陪浴女鬆弛他胸部至手臂的肌肉。那是雙乳上方。銀平的手沒有腳那麼奇形怪狀。

「裡日本的哪裡？」陪浴女聲調自然地說。

「裡日本的……」銀平詞窮，「我不想談故鄉。和妳不同，我已經失去了故鄉……」

陪浴女八成根本不想知道銀平的故鄉在何處，聽起來也不像是真心詢問。這間浴室的照明不知是怎麼設計的，陪浴女的身體看似毫無陰影。她在按摩銀平胸脯的同時，也傾身把自己的胸脯靠過來。銀平閉上眼。不知該把手往哪放。如果伸直放到腰側，會不會碰到陪浴女的腰？就算只是指尖稍微碰一下，恐怕都會被狠狠甩一耳光。接著銀平真的感到挨揍的震撼。他驚訝又害怕地想睜眼，卻睜不開。因為眼皮被用力打到。幾乎痛得流淚卻流不出淚水，眼球疼得就像被熱針戳刺。

打銀平臉的，不是陪浴女的手掌，是一只青色真皮手提包。挨揍的當下當然不知道那是手提包，是遭到痛擊後才看到腳下掉落手提包。而且銀平無法確定，究竟是對方拿手提包打他，還是拿手提包扔向他。唯一確定的是手提包狠狠打中臉。因為銀平是在那瞬間驀然回神……

「啊！」銀平大叫，

「喂，喂……」他試圖叫住女人。情急之下，他想提醒女人手提包掉了。但女人的背影轉身消失在藥房拐角。只有青色手提包躺在路中央，就像是銀平犯罪的確鑿證據。敞開的包口露出千圓鈔票。但是比起鈔票，銀平起初只看見作為犯罪證據的手提包。只因為對方扔下手提包逃走，銀平的行為好像成了犯罪。那種恐懼令銀平不假思索撿起手提包。被整疊千圓鈔票嚇一跳，是在撿起手提包之後。

銀平直到後來還在懷疑，那間藥房該不會是幻覺。在沒有任何店家的住宅區內，孤零零出現一間老舊的小藥房太不可思議了。但是入口的玻璃門旁分明豎立著蛔蟲藥的廣告牌。而且若說不可思議，通往那個住宅區的電車道轉角，有兩家相同的水果店面對面打擂台也很奇怪。兩家店都排放著裝櫻桃或草莓之類的小木箱。銀平尾隨女人過來的路上，除了女人什麼都看不見，唯獨那兩家面對面的水果店忽然映入眼簾又是為什麼？是因為想記住通往女人家的轉角？木盒中整齊排放的草莓仍歷歷在目，可見的確有水果店。但是說不定從電車道拐彎的那一側才有水果店，自己卻錯覺兩邊都有。在那種時候，不能完全排除把一個東西看成兩個的可能。事後，銀平費了很大的力氣抗拒想實際去看看究竟有無水果店和藥房的誘惑。事實上連哪個地區都不確定。他只是在腦中描繪東京的地理位置，大致推測而已。對銀平而言，那就是女人的去向，只不過那是一條路罷了。

「對了，或許並不是打算扔掉。」銀平任由陪浴女按摩腹部，不自覺嘀咕，當下驚詫地睜眼，但在陪浴女察覺前已迅速閉上眼。或許眼神就像地獄的怪鳥。關於女人的手提包，幸好他沒脫口說出扔掉的東西和扔掉東西的人。銀平的肚子猛然緊繃，隨即起伏蠕動。

「好癢。」銀平這麼一說，陪浴女郎放慢動作。這次是真的很癢。銀平暢快發出笑聲。

直到前一秒為止，不管那女人是拿手提包打了銀平，還是把手提包扔向銀平，銀平都解釋為她認定銀平一路尾隨是為了包裡的錢，於是當那種恐懼到達爆發點時，就扔下手提包逃走了。但是也許女人並不打算扔下手提包，而是打算用手上的東西揮開銀平，結果用力過猛，不小心把手提包甩了出去。不管是哪種原因，如果女人把手提包橫空一揮就打中銀平的臉，可見兩人當時相當接近。或許是進入僻靜的住宅區後，銀平不知不覺縮短了跟蹤的距離。女人也許是察覺銀平的動靜，才拿手提包砸他後逃走。

銀平並非為了錢。他壓根沒發現女人的手提包裡放著鉅款，也沒想過。直到他抱著消滅犯罪鐵證的念頭撿起手提包，這才發現包裡有二十萬。嶄新的十萬圓新鈔有兩捆，也有存摺，可見女人剛去過銀行，她一定以為銀平是從銀行開始跟蹤的。除了成捆的鈔票之外，只有一千六百圓。

銀平再一看存摺，領出二十萬後，餘額只剩二萬七千多。換言之，女人把大部分存款都領出來了。

銀平透過存摺得知女人名叫水木宮子。既然不是為了錢，而是被女人的魔力吸引，那就應該把錢和存摺送還給宮子。但銀平不可能歸還。就像銀平一路追著女人走來，那些錢也像靈魂若有似無的生物，一路追著銀平。這是銀平第一次偷錢。與其說是偷，其實是錢讓銀平心生畏懼，卻又不肯離開銀平。

撿起手提包時，根本無暇偷錢。撿起一看手提包等於藏著犯罪證據，穿西裝的銀平把包往腋下一夾，就小跑步奔向電車道。不巧，這並非穿大衣的季節。於是銀平買了包袱巾就衝出商店。用包袱巾包裹手提包。

銀平租賃二樓的房間獨居。他把水木宮子的存摺、手帕之類的東西用小炭爐燒掉。之前沒記下存摺上的地址，所以無法得知宮子的住處。也不打算把錢歸還了。燒存摺、手帕和梳子都會有氣味，不過手提包是皮做的，想必很臭，所以用剪刀剪碎。將碎片逐一放入火中，費了很多天。手提包的口金和口紅、粉餅盒的金屬燒不掉，遂在半夜扔進水溝。那些東西縱使被人發現，也是尋常可見之物。把已經用得所剩無幾的口紅按出來一看，銀平幾乎打冷顫。

銀平注意聽廣播，也常翻閱報紙，卻始終沒出現裝有二十萬圓及存摺的手提包遭到搶劫的新聞。

「哼。那女人果然沒有報警。她一定有什麼問題，讓她無法報警。」銀平咕噥，頓時感到陰暗的內心深處被妖異的火焰照亮。銀平之所以跟蹤那個女人，是因為那女人身上也有吸引銀平跟蹤的東西。說穿了大概是同一個魔界的居民吧。銀平憑經驗就能察覺。想到水木宮子和自己八成是同類時，銀平為之陶然。他很後悔沒有記下宮子的住址。

銀平跟蹤之際，宮子一定很害怕，但縱使她自己沒察覺，或許內心也有一絲喜悅蠢蠢欲動。人類的快樂哪有什麼主動者才有、被動者卻沒有的道理。雖然街頭有很多美女，但銀平特地挑選宮子跟蹤，想必類似有毒癮的人發現同病相憐的人吧。

銀平第一次跟蹤的女人玉木久子，顯然也是這種狀況。說是女人，但久子其實還是少女。想必比聲音悅耳的陪浴女還年輕。她就讀高中，是銀平教的女學生。銀平和久子的關係被發現後，遭到開除教職。

當時銀平一路跟蹤到久子家門口，那扇大門氣派得令他驚愕駐足。石牆連接的大門在鐵欄杆上綴有藤蔓花紋。大門是敞開的。久子隔著藤蔓花紋鐵門轉過身，

「老師。」她喊銀平。原本蒼白的臉孔美麗地染上嫣紅。銀平也臉頰發燙。「啊，這裡就是玉木同學的家啊。」銀平啞聲說。

「老師，有什麼事嗎？您是特地來我家吧？」

如果是來學生家探訪，不可能悶不吭聲一路跟蹤而來，但銀平還是故作感嘆地打量門內，

「是的。真好，這樣的房子居然沒有在戰火中燒毀，簡直是奇蹟。」

「我家的房子燒掉了喔。這是戰後買的房子。」

「這裡是戰後……？玉木同學的父親從事哪一行？」

「老師，您到底有什麼事？」久子隔著鐵門的藤蔓花紋，以憤怒的眼神瞪銀平。

「嗯，對了。香港腳的……那個，玉木同學的父親，知道哪種藥對香港腳有效吧？」說著，想到自已在這豪華的大門前居然說什麼香港腳，銀平丟臉得都快哭了。但是久子一臉凜然地反問，

「香港腳嗎？」

「嗯，治療香港腳的藥。妳在學校，不是和朋友提過治療香港腳很有效的藥？」

久子露出努力回想的眼神。

「老師的症狀已經嚴重得不能走路了。所以妳能不能進去問問妳父

親，那種藥叫什麼名字？老師在這裡等妳。」
眼看著久子消失在洋房玄關後，銀平拔腳就逃走了。銀平醜陋的腳似乎一路追著銀平。
雖然銀平推測，久子在家裡和學校應該都不會說出被跟蹤的事，但是當晚還是飽受嚴重的頭痛折磨，眼皮也不停抽搐無法安睡。睡著後也睡得很淺一再驚醒，每次伸手去摸沾滿冷汗的濕黏額頭時，後腦勺累積的毒素就會爬上腦門然後繞到額頭，再次引發頭痛。
銀平第一次頭痛，是從久子家門前逃走，流連附近的鬧區時。在人潮擁擠的路中央，銀平再也站不住，按著額頭蹲下。除了頭痛也感到暈眩。鏘鏘鏘，鈴鈴鈴，彷彿摸彩中了大獎的鐘聲響徹街頭。又像是消防車急駛而來的警報聲。
「你怎麼了？」一個女人用膝蓋輕觸銀平的肩膀，轉身抬頭一看，很像戰後鬧區出沒的阻街女郎。

儘管如此，不知幾時，銀平還是倚靠花店的櫥窗，以免擋到路人。他幾乎是將額頭緊貼櫥窗玻璃。

「妳一路跟蹤我吧。」銀平對女人說。

「也不算是跟蹤啦。」

「總不可能是我跟蹤妳吧。」

「是嘛。」

女人的答案究竟是肯定還是否定，有點含糊不清。若是肯定，女人接下來應該還有話說。可是女人停頓了一下，銀平已經焦躁得迫不及待，

「如果不是我跟蹤妳，那就是妳跟蹤我吧？」

「是怎樣都不重要……」

女人的身影映在櫥窗玻璃上。彷彿映現在玻璃櫥窗內的各種花卉中。

「你還愣著幹嘛，快點站起來。路過的人都在看你喔。你是不是哪裡不舒服？」

「對。香港腳。」

銀平又脫口說出香港腳，自己也嚇一跳，

「香港腳痛得走不動。」

「你這人真是的。附近有不錯的地方，先去休息一下吧。鞋子和襪子都可以脫掉喔。」

「我不想被人看到。」

「沒有人要看啦。只不過是腳丫子……」

「會傳染喔。」

「才不會傳染。」女人說著一手伸進銀平的腋下，

「快點，我叫你站起來。」說著拎起他晃動。

銀平左手的手指捏著額頭，一邊望向女人映在花中的臉孔，這時店內另一張女人的臉孔從花中出現。大概是花店的女主人吧。銀平像要抓住櫥窗內無數白色大理花，用右手撐著櫥窗的大片玻璃站起來。花店女主人皺

起細眉瞪視銀平。銀平怕手臂戳穿大片玻璃會流血，遂將身體重心倒向女人這邊。女人努力站穩，

「不可以逃走喔。」她說著用力掐了一下銀平的乳頭那塊。

「好痛！」

銀平頓感暢快。從久子家門前逃走後，是怎麼走到這個鬧區的，他也不大清楚，但是被女人掐了之後立刻腦子一輕。是那種在湖畔吹著山間微風的清爽。本該是新綠時節的涼風，但或許是因為銀平剛才覺得手臂幾乎戳破花店那塊大如湖泊的玻璃櫥窗，浮現心頭的竟是結冰的湖面。那是母親村子的湖。在那湖岸也有城鎮，但母親的故鄉是村子。

湖泊籠罩霧氣，岸邊冰面的彼方被霧氣遮掩無限迢遙。與其說銀平邀約表姊彌生在冰湖上走走，更像是把她拐騙出來。少年銀平詛咒彌生，也怨恨她。他暗懷邪念，期盼腳下的冰面破裂，讓彌生掉進冰下的湖裡。

彌生比銀平大兩歲，但是銀平的歪主意遠比彌生多。銀平的父親在銀

平虛歲十一歲時橫死，母親六神無主之下想回歸故里，比起彷彿在溫煦春日中幸福長大的彌生，銀平這廂更需要歪主意。銀平對表姊萌生初戀情愫，一方面或許也是因為暗藏著不想失去母親的心願。對年幼的銀平而言，幸福就是湖面倒映他和彌生相伴的身影走過岸邊。當他邊看著湖水邊走過時，二人倒映水中的身影彷彿會永不分離，直至海角天涯。然而幸福太短暫。大他兩歲的少女，在十四、五歲就可能因為男女有別而拋棄銀平，況且銀平的父親死後，母親家鄉的人就很排斥銀平一家。彌生也日漸疏遠銀平，露骨地蔑視他。銀平就是在那時候暗想湖面的冰層破裂，讓彌生沉下去最好。後來彌生和海軍士官結婚，現在應該成了寡婦。

此刻銀平又從花店的櫥窗玻璃想起湖面冰層。

「妳還真敢掐啊。」銀平摩挲胸口對阻街女郎說。

「一定瘀青了。」

「回去給你老婆看。」

「我沒有老婆。」

「少來了。」

「是真的。我是單身的學校教師。」銀平面不改色說。

「我還是單身的女學生咧。」女人回答。

銀平心想女人一定在胡說八道，也懶得再次審視女人的臉孔，但是聽到女學生這幾個字，頭又開始痛了。

「香港腳很痛？就跟你說最好不要走太多路……」女人看著銀平的雙腳。

銀平想到，被自己跟蹤到家門前的玉木久子如果反過來跟蹤他，看到他和這種女人結伴同行，不知會怎麼想，於是驀然轉頭看人潮。雖不知走進玄關的久子後來是否又回到大門口，但銀平相信，這時候久子的心必然正追隨銀平而來。

翌日，久子的班級也有銀平的國語課。久子在教室門外等候，

「老師，藥。」她說著迅速把什麼東西放進銀平的口袋。

銀平昨晚因為頭痛沒有預先備課，再加上睡眠不足很疲累，因此叫學生寫作文。題目自訂。一名男學生舉起手，

「老師，可以寫疾病嗎？」

「行啊，寫什麼都可以。」

「比方說，即使是髒兮兮的香港腳也可以……？」

一陣哄笑。然而，大家都看著那個學生，沒有人朝銀平投以異樣的眼光。似乎不是在嘲笑銀平，而是嘲笑那個學生。

「寫香港腳應該也可以。老師沒有經驗，正好可以參考一下。」銀平說著，望向久子的座位。學生們還在笑，卻是那種支持銀平清白無辜的笑法。久子低著頭寫東西始終沒有抬頭。連耳朵都紅了。

久子把作文拿到老師的桌子時，銀平看到作文題目是「對老師的印象」。他想這一定是寫自己。

「玉木同學，待會妳留下來。」他對久子說。久子不讓人發現地微微點頭，抬眼瞪視銀平。銀平感覺是被瞪視。

久子去窗邊對著校園看了一會，等所有的學生都交出作文後，她才轉身走近講台。銀平慢吞吞把作文攏成一疊站起來，直到走出教室都沒說話。久子和銀平保持一公尺的距離跟在後面。

「謝謝妳的藥。」銀平回頭說，

「香港腳的事妳告訴誰了嗎？」

「沒有。」

「沒告訴任何人？」

「對。我只對恩田同學說過。因為她是我的好朋友……」

「恩田同學啊……？」

「我只告訴過恩田同學。」

「只要告訴一個人，就等於告訴所有人了。」

「不會的。那是我和恩田同學私下說的。我和恩田同學之間，沒有任何祕密。我們約好了什麼事都要告訴對方。」

「感情那麼好啊。」

「對。就連我爸有香港腳的事，也是我告訴恩田同學的時候，被老師聽見。」

「原來是這樣啊。可是，妳在恩田面前真的沒有任何祕密？那是騙人的。妳仔細想想。所謂在恩田面前沒有任何祕密，哪怕妳一天二十四小時都和恩田在一起，心裡想到什麼全都說出來，二十四小時說個不停，那也是不可能的。比方說妳睡覺時做的夢到了早上忘記了。那個就不可能告訴恩田。而那個夢說不定是妳和恩田關係破裂想殺掉她的夢。」

「我才不會做那種夢。」

「總之，彼此毫無祕密的好朋友云云只是病態的幻想，是女孩子弱點的面具。毫無祕密的只有天堂或地獄，在凡人的世界不可能存在。如果妳對恩田沒有祕密，妳根本不可能作為一個人存在，也等於沒有生存。妳不妨捫心自問看看。」

久子對於銀平的這套論調本身，以及他為何說出這種論調，似乎一時之間都難以消化，

「相信友情難道不對嗎？」她勉強駁斥。

「毫無祕密的情況下不可能成立友情。不只是友情，所有的人類感情都不可能成立。」

「什麼？」少女似乎還是無法理解。

「重要的事我全部會告訴恩田同學。」

「不見得吧……最重要的事，以及最最不重要猶如沙灘塵埃的事情，妳都沒有告訴恩田吧？妳父親和我的香港腳，不知重要到什麼程度？對妳來說或許是中等程度吧。」

銀平充滿惡意的說話方式，讓久子就像雙腳懸在半空被拽來拽去突然

遭到推落。面無血色的久子快哭了。銀平用柔聲安撫的語調繼續說，

「關於家裡的事情，妳也全都告訴恩田了？應該沒有吧。妳父親工作上的祕密應該不會說吧。妳看吧。還有，今天的作文妳似乎寫了我的事情，但是就連那個，妳想必也沒把內容告訴恩田吧？」

久子含淚的雙眼尖銳地看著銀平。她沉默不語。

「玉木同學的父親戰後不知是做什麼工作成功的，真不簡單。雖然我不是恩田，倒也願聞其詳。」

銀平的語氣聽來若無其事，卻顯然帶著脅迫之意。能在戰後買下那種豪宅，他懷疑多半涉及黑市之類的非法犯罪行為。銀平想先給久子埋下一根釘子，讓她不敢說出自己曾經跟蹤她的事。

不過，昨天才剛發生的事，久子今天就來上銀平的課，拿香港腳的藥膏給他，還寫了「對老師的印象」這篇作文，可見應該不用擔心，銀平再次確認了昨晚的推測。況且，銀平之所以不顧一切像喝醉或夢遊般跟蹤久

子，是因為被久子的魔力誘惑，可見久子早已對銀平施展了魔力。昨天被跟蹤讓久子自覺到那股魔力，說不定反而為那隱密的愉悅渾身戰慄。銀平被這個妖異的少女電到了。

不過，脅迫完久子，銀平覺得這下子應該沒事了，抬頭一看，只見恩田信子站在走廊盡頭正在注視這邊。

「妳的好朋友不放心，正在等妳呢。去吧……」銀平放開久子。久子沒有像一般少女那樣從銀平面前奔向恩田，她似乎只是慢慢落後銀平，垂頭喪氣地走過去。

過了三、四天後銀平向久子道謝。

「那個藥膏，很管用。託妳的福已經完全好了。」

「真的嗎。」久子開朗地紅著臉露出可愛的酒窩。

但是她沒有始終扮演可愛的久子，她和銀平的關係很快就被恩田信子告發，銀平甚至被趕出學校。

之後歲月流逝，如今銀平在輕井澤的土耳其浴讓陪浴女按摩腹部，不禁又想像起久子的父親坐在氣派宏偉洋房的豪華搖椅上，撕香港腳皮的模樣。

「哼。有香港腳的人想必禁止洗土耳其浴吧。被熱氣一蒸，一定癢得要命。」銀平說著抱以嘲笑。

「有香港腳的人來過嗎？」

「不清楚。」

陪浴女不打算正面回答。

「我可沒見識過香港腳。那大概是生活富裕、雙腳柔軟的人才會有的毛病。高尚的腳就會染上低級的病菌。人生無非如此。像我們這種猴子似的腳，即使被移植病菌也繁殖不了。因為腳皮又硬又厚。」說著，他想到醜陋的腳底被陪浴女雪白的手指濕漉漉吸附般搓揉。

「連香港腳都討厭我的腳。」

銀平蹙眉。現在正是舒爽的時候，為何他就連在美麗的陪浴女面前都要提到香港腳。非說不可嗎？一定是因為那時候對久子說了謊。

銀平在久子的家門前，說自己飽受香港腳困擾所以想打聽藥名，純粹是情急之下脫口而出的謊話。三、四天後去道謝說香港腳治好了，也是在繼續說謊。銀平其實並沒有香港腳的困擾。作文課時，他說自己沒那種經驗是真的。久子給的藥被他扔了。他對阻街女郎說是香港腳痛得走不動，也同樣幾乎是情急之下跟著之前的謊話繼續說謊。一旦說出謊話，謊話就會陰魂不散地跟來。就像銀平跟蹤女人，謊話也會跟蹤銀平。想必罪惡也是如此。一旦犯下罪惡就會緊跟著人，讓人繼續犯罪。惡習也是如此。跟蹤過女人一次之後，讓銀平又想繼續跟蹤女人。就像香港腳一樣難纏。不斷擴散永不根絕。今年夏天的香港腳，即使暫時好了，明年夏天還會復發。

「我可不是香港腳喔。我沒得過香港腳。」銀平像要激勵自己般吐露。跟蹤女人的美好戰慄與恍惚，豈是不潔的香港腳能夠比喻的。是說過的謊話令銀平產生這種聯想嗎？

然而，在久子的家門前，脫口說出香港腳這種謊話，或許也是因為自己的腳長得醜陋這種自卑感吧——這樣的念頭忽然掠過銀平的腦海。如此說來，跟蹤女人的也是腳，果然還是和這醜陋有關係嗎？銀平這麼一想不禁驚愕。是肉體某部分的醜陋憧憬美麗在哀泣嗎？醜陋的雙腳追逐美女是天經地義嗎？

陪浴女轉而按摩銀平的膝蓋至小腿，正好背對他。換言之，銀平的雙腳在陪浴女的眼睛正下方。

「夠了。」銀平慌忙說。長腳趾突起的骨節向內蜷縮。

陪浴女蘊含美麗天籟的聲音說，

「幫您剪指甲吧？」

「指甲……？啊，腳趾甲……？妳要幫我剪腳趾甲？」銀平企圖掩飾心慌意亂，

「很長了吧？」

陪浴女的手掌托著銀平的腳底，用柔軟的肌膚觸感把他像猴子般蜷縮的腳趾拉直，一邊說，

「有一點……」

陪浴女剪指甲的方式溫柔又細心。

「幸好妳一直都待在這裡。」銀平說。已經放棄抵抗，腳趾任由陪浴女擺佈。

「想見妳時只要來這裡就好。想讓妳按摩時，指名妳的號碼就行了吧？」

「對。」

「不是擦肩而過的路人。不是來歷不明的陌生人。不是那種擦肩而過時如果沒有跟蹤，就永遠不會重逢從此失去蹤影的人。或許這麼說很奇怪……」

放棄抵抗任由女人擺佈後，雙腳的醜陋似乎反而催人落下幸福的熱淚。若非此刻這個一手托著他的腳替他剪指甲的女人，銀平絕不可能暴露醜陋的雙腳。

「這麼說或許很奇怪，但這是真的。不知妳是否有這種經驗。與萍水相逢的人擦身而過時，心裡覺得唉呀好可惜……我就常有這種經驗。怎麼會有感覺這麼好的人，怎麼會有這麼漂亮的女人，這麼令人心動的人這世上恐怕不會再有第二個，和這種人在路上擦肩而過，或者在劇場湊巧比鄰而坐，或者聽完音樂會並肩走下會場的台階，就此一別後一生再難相逢。可是話說回來，也不可能因此叫住陌生人直接搭訕。人生或許就是這樣吧。這種時候，我難過得要死，恍惚得幾乎失神。很想跟蹤對方直到世界盡頭，卻也做不到。如果真的要跟蹤到這世界盡頭，只能殺了那個人。」

銀平不慎失言，當下驚覺屏息。他連忙掩飾，

「剛才說的有點誇張了，不過幸好我如果想聽妳的聲音，還可以打電

話。但是妳和客人不同，比較不自由。就算有喜歡的客人，一心等待對方再來，客人來不來也是他的自由，說不定再也不會上門。妳不覺得那樣很空虛？人生就是這麼回事。」

銀平望著陪浴女看似處女的背上，肩胛骨隨著剪指甲的動作微微聳動。陪浴女替銀平剪完腳指甲後，依然背對著他，有點遲疑。

「手呢……？」女人說著，轉頭面對銀平。銀平躺著把手舉到胸前看。

「手好像沒有腳的指甲那麼長。沒有腳那麼髒。」

不過他並未拒絕，於是陪浴女把手指甲也剪了。

銀平知道陪浴女似乎越來越害怕他。他自己也對剛才不慎失言感到很不自在。跟蹤的極致原來是殺人嗎？水木宮子那邊只撿了那個手提包，能否再見面都不知道。等於是擦肩而過，就此各分東西。和玉木久子也被隔離，就此訣別難以見面。並沒有追蹤到底、殺死對方。久子和宮子或許都已消失在他難以企及的世界。

久子和彌生的臉孔異常鮮明地浮現銀平的腦海，他不禁和陪浴女的臉孔比較。

「有妳這麼周到的服務，客人如果沒有再次上門，那才奇怪呢。」

「哎呀，我就是靠這個賺錢嘛。」

「用那麼好聽的聲音，卻說出『我就是靠這個賺錢』這種話啊。」

陪浴女把頭撇向一旁。銀平羞愧地閉上眼。從閉起的眼皮縫，隱約看見白濛濛的遮胸布。

「把這個拿掉。」銀平捏起久子的胸罩邊緣。久子搖頭。銀平拉著用力一扯。鬆緊帶在銀平的手中縮起。久子發呆，望著銀平手裡的胸罩敞開胸脯。銀平扔掉右手緊握的東西。

銀平睜開眼，看著陪浴女正在剪指甲的那隻右手。久子應該比這個陪浴女小幾歲。是兩歲，還是三歲呢？久子現在是否也像這個陪浴女一樣，變得膚色白皙？銀平聞到久留米深藍底飛白布料的氣味。那是銀平少年時代的和服，是從久子這個女學生的深藍色嗶嘰布制服裙的顏色產生的聯想。把腳伸進深藍色嗶嘰裙穿回去時，久子哭了，銀平也幾乎落淚。

銀平右手的手指放鬆。陪浴女用左手托住銀平的手，右手的剪刀靈巧修剪指甲。在銀平母親故鄉的湖泊，和彌生手牽手走過冰面時，銀平的右手也放鬆了力氣。

「你怎麼了？」彌生說著回到岸邊。如果緊緊握著，那時銀平大概會把彌生沉到湖泊的冰層下吧。

彌生和久子都不是擦肩而過的路人，不僅知道身分來歷還有關聯，是隨時可以見到的人。可是銀平還是尾隨跟蹤，還是被迫分開了。

「耳朵……要嗎？」陪浴女說。

「耳朵？耳朵要幹嘛？」

「我來吧。請坐下……」

銀平起身在躺椅坐下。才剛覺得陪浴女微妙地搓揉銀平的耳垂，緊接著她已將手指伸進耳洞，微妙地在裡面旋轉。耳中淤積的空氣被抽出，變得很輕盈，隱約帶點香氣。傳來微妙的細碎聲響，隨著聲音也感到微妙的震動。陪浴女似乎用另一隻手不停拍打伸進耳中的手指。銀平帶著不可思議的恍惚說，

「妳在做什麼？好像在做夢。」說著轉過頭，但他看不見自己的耳朵。陪浴女把手臂稍微往銀平臉孔那邊靠過去，重新把手指伸進耳中，這次是緩緩轉動。

「這是天使的愛的呢喃啊。好想把以往滲入耳中的人聲，全都這樣抽出，只聽妳美妙的聲音。人的謊言似乎也會從耳中消失。」

陪浴女將裸身靠近赤裸的銀平，對銀平演奏天上仙樂。

「獻醜了。」

按摩結束。陪浴女給依舊坐著的銀平穿上襪子，扣上襯衫的鈕釦，把

他的腳塞進鞋子替他綁好鞋帶。銀平自己做的，只有不鬆不緊地繫好皮帶和打領帶。銀平走出浴室喝冰果汁時，陪浴女一直站在旁邊。

最後陪浴女把他送到玄關，走出夜晚的院子，銀平看到巨大蜘蛛網的幻影。兩三隻綠繡眼和各種蟲子一起被困在蜘蛛網上。青色羽毛和眼睛周圍可愛的白圈格外鮮豔。綠繡眼只要拍拍翅膀或許就能弄斷蜘蛛絲，卻悄然收起翅膀，靠在蜘蛛網上。蜘蛛如果接近，恐怕會被鳥喙啄破身體，因此待在網中央把屁股對著綠繡眼。

銀平將視線移向更高處的幽暗樹林。母親村子的湖泊映現遠方湖岸的深夜火災。銀平彷彿被那水面倒映的夜火引誘。

裝了二十萬的皮包被搶走後，水木宮子沒有報警。二十萬對宮子來說，是攸關命運的鉅款，卻有無法報警的苦衷。所以若說銀平根本沒必要為此徒步逃亡到信州一帶，的確可以這麼說。而且如果真有什麼東西追著銀平而來，那也是銀平帶的錢吧。不是因為偷了錢，是錢本身不肯放過銀平，陰魂不散地跟來。

銀平的確偷了錢，但他本來還想叫住宮子，提醒她手提包掉了，所以或許不算是搶奪。宮子也不認為是被銀平搶劫。也沒有明確斷定是銀平偷的。把手提包扔到路中央時，在場的只有銀平一人，先懷疑銀平是理所當然，但是宮子並未親眼看到，所以也許不是銀平撿走，而是被其他路人撿走。

「幸子，幸子。」那時，宮子一進玄關就立刻喊女傭。

「我把手提包弄丟了，妳去幫我找一下。就在那邊的藥房前面。快點，用跑的去。」

「是。」

「拖拖拉拉的，會被人撿走喔。」

然後宮子喘著粗氣走上二樓。女傭阿辰追著宮子上二樓。

「小姐，聽說您弄丟了手提包……？」

阿辰是幸子的母親。阿辰先來幫傭，之後把女兒也叫來。宮子獨居的小房子其實不需要兩個女傭，但阿辰抓住這個家的把柄，已經爬到女傭以上的地位。阿辰有時喊宮子「太太」，有時喊「小姐」。每當有田老人來這裡時，阿辰必然喊宮子「太太」。

有一次宮子忍不住說出真心話，

「在京都的旅館，負責接待的女服務生，在我一個人時，都是喊我『小姐』。可是有田也在場時，儘管年紀相差懸殊還是喊我『太太』……喊『小姐』或許帶點諷刺，不過聽起來好像也有點可憐我，讓我很難過。」因為她這麼說，於是阿辰回答，「那我也這樣稱呼您吧。」從此就一直這麼做。

「不過小姐，走在路上居然會掉了手提包，這也太奇怪了吧。又不是拎著其他行李，您當時只拎著手提包吧。」

阿辰睜圓了小眼睛，直勾勾仰望宮子。

阿辰的眼睛即使不睜大也是圓的。眼睛好似銅鈴。或許是眼角短，眼睛顯得很小，圓滾滾地睜大時，若是幸子那雙和阿辰一模一樣的眼睛，會顯得很可愛，但是阿辰的卻過於惹眼太不自然，反而詭異地令人心生戒備。事實上，四目相接時，阿辰的眼神的確像是暗藏著什麼企圖。極淺的褐色幾乎透明的眼珠色澤，反而令人感覺冰冷。

白皙的臉蛋也嬌小渾圓。脖子粗大，胸部更大，越往下越胖，腳卻很小。女兒幸子那雙小腳可愛得驚人。不過，母親的腳踝很細，小腳看起來也有點狡猾。母女倆都身材矮小。

阿辰的後頸肉肉的，所以說是仰望宮子，其實脖子也不太仰得起來，變成翻白眼，更讓站著的宮子感覺被看穿心事。

「掉了就是掉了嘛。」宮子用斥責女傭的口吻說，

「最好的證據不就是手提包不見了嗎。」

「可是小姐，您不是說就在那個藥房前面。既然知道地點，而且就在附近，這樣還會弄掉？而且是手提包那樣的東西……」

「掉了就是掉了嘛。」

「像洋傘那種東西，倒是有可能忘了拿，但是拎在手裡的東西居然會掉，這比猴子從樹上掉下來更不可思議。」阿辰提出奇妙的比喻。

「發現東西掉了，立刻撿起來不就好了？」

「那當然。妳在說什麼廢話？如果當下就發現掉了，那根本就不是真正掉了。」

宮子沒換下外出的套裝就走上二樓，站了半天這才發覺。不過，宮子的洋裝衣櫃與和服衣櫃，都放在二樓的四帖半房間。有田老人來的時候，隔壁的八帖房間是兩人的房間，這樣換衣服也方便，但其實也是因為樓下已經被阿辰擴張的勢力占據。

「妳去樓下，給我擰一條毛巾來。要用冷水喔。我身上有點汗。」

「是。」

宮子只要這麼吩咐，阿辰就會下樓，而且如果她脫光擦汗，阿辰應該也不會留在二樓。

「是。在臉盆的水裡放點冰箱的冰塊，替您擦身子吧？」阿辰回答。

「不用了。」宮子蹙眉。

阿辰下樓的同時，玄關的門拉開了。

「媽，我從藥房前面一直找到電車道，可是都沒看到太太的手提包。」可以聽見幸子這麼說。

「我猜也是……妳去二樓，向太太報告。然後呢？妳去派出所報案了嗎？」

「咦，要報案？」

「瞧妳傻呼呼的真沒用。快去報案。」

「幸子，幸子。」宮子從二樓喊道。

「不用報案了。包裡沒什麼重要的東西……」

幸子沒回答，阿辰用木托盤端著臉盆上二樓。宮子把裙子也脫了只剩內衣。

「請讓我替您擦背吧？」阿辰用異樣客氣的說詞表示。

「不用了。」宮子讓阿辰把毛巾扭乾接過後，伸長腿從腿開始擦起，就連指縫都擦了。阿辰把宮子揉成一團的襪子拉平摺好。

「沒關係。反正要洗。」宮子把毛巾扔到阿辰的手邊。

幸子上樓後，跪坐在隔壁四帖半的房間門口伏身行禮，一邊說，

「小的去過了。皮包沒有掉在地上。」這種說法有種怪異的可愛。

阿辰對待宮子時而異樣殷勤，時而無禮馬虎，時而親密黏乎，時時刻刻不停變來變去，卻堅持把女兒教得這樣謹守禮儀規矩。有田老人走時，幸子甚至會替他綁鞋帶。患有神經痛的有田老人，有時會用手撐著蹲在腳下的幸子肩膀站起來。宮子早就看穿，阿辰企圖讓幸子從宮子身邊偷走老

人。不過，阿辰是否已經那樣暗示過十七歲的幸子，就不得而知了。阿辰還讓幸子噴香水。宮子提及此事時，

「因為這孩子體味很重。」阿辰是這麼回答的。

「不如叫幸子去派出所報個案。」阿辰緊咬不放地說。

「妳真囉唆。」

「不然多可惜啊。裡面裝了多少錢？」

「沒有錢。」宮子閉上眼，把冷毛巾壓在眼皮上，就那樣半晌不動。心跳又變快了。

宮子有兩本銀行存摺。一本是用阿辰的名義，存摺也由阿辰保管。這是瞞著有田老人的私房錢。是阿辰出的主意。

領出二十萬是從宮子名下的那本存摺，但領錢的事連阿辰都不知道，一旦被有田老人發覺，恐怕會追問二十萬的用途。所以不能隨便報案。

二十萬對宮子而言，是年紀輕輕委身於快進棺材的白頭老人，虛度花

樣年華的短暫時光換來的，說穿了是青春的代價，流著宮子的血。錢掉了等於在瞬間失去，宮子已經什麼也不剩了。簡直難以置信。此外，如果錢是自己花掉的，那筆錢沒了之後至少還能回想，但是錢存了這麼久，一旦平白失去，回想起來只有滿心苦澀。

不過，失去二十萬時，宮子也不是毫無戰慄。那是快樂的戰慄。與其說宮子是害怕跟蹤的男人才逃跑，或許其實是被突發的快樂嚇到，才會轉身就逃。

當然宮子不認為是自己丟掉皮包。就像銀平不確定到底是被她拿手提包毆打，還是拿手提包扔他，宮子也不確定是把皮包拿來打人，還是砸人。但是有強烈的手感。手都麻了，傳至手臂，傳至胸部，全身都因劇痛似的恍惚發麻。被男人跟蹤的期間在體內悶燒的東西，似乎霎時之間燃起熊熊烈火。埋葬在有田老人陰影下的青春瞬間復活，也有種復仇似的戰慄。如此看來，對宮子而言，儲蓄二十萬的那段漫長歲月的自卑感，等於在瞬間得到補償，所以不是白白失去，或許還是有那個付出的價值吧。

不過，似乎真的和二十萬毫無關係。用手提包打男人或扔向男人時，宮子完全忘了那筆錢。甚至沒有察覺手提包離手。不，就連轉身逃走時都沒想起。就這個意味而言，宮子說丟了手提包是正確的。此外，早在打男人之前，宮子其實就已把手提包，以及包內的二十萬現金都忘了。只有被男人跟蹤的這個念頭在心中波濤起伏，當那波濤轟然撞上時，手提包就消失了。

宮子即使走進家門，仍殘留快樂的麻痺，所以才會像要掩飾似的直接上二樓。

「我想脫光，妳先下去。」

宮子從脖子擦到手臂後，對阿辰這麼說。

「不如去浴室吧？」阿辰狐疑地看著宮子。

「我不想動。」

「是嗎。可是，的確是在藥房前——從電車道拐進這邊後，弄丟了皮包沒錯吧？我看還是我去派出所問問……」

「我不知道在哪丟的。」

「為什麼？」

「因為被跟蹤……」

宮子只想趕快獨處，抹去那戰慄的痕跡，所以不小心脫口而出，阿辰的圓眼睛霎時發光，

「又來了？」

「對呀。」宮子惱羞成怒。可是說出來之後，快樂的餘韻徹底消失，只留下冒冷汗似的噁心。

「今天是直接回來嗎？又引著男人到處走？所以才會弄丟手提包吧。」

阿辰轉頭對還坐在那裡的幸子說，

「幸子，妳在發什麼呆？」

幸子瞇起眼，起身時一隻腳有點踉蹌，不禁羞紅雙頰。

然而，宮子經常被男人跟蹤，這事幸子也知道。有田老人也知道。在銀座中央，宮子也曾對老人耳語，

「有人跟在我後面。」

「啊？」老人想回頭看，

「不能看。」

「不行嗎？妳怎麼知道有人跟蹤？」

「我當然知道。就是剛才從前面走來，戴著青色帽子的高個子男人。」

「我沒注意，錯身而過時，妳給了什麼暗示嗎？」

「傻瓜。難道要問問，你對我而言只是過客，還是會進入我人生的人？」

「妳很高興？」

「要真的去問問看嗎……喏，我們打賭吧，看他會跟到什麼時候……我想打賭。和拿枴杖的老人同行的話，沒法子測試，您先去那邊的布店，在旁看著。如果我走到對面盡頭再折返這裡時他還跟著，您就給我做一套夏季白色套裝。不要亞麻的喔。」

「宮子如果輸了呢……？」

「噢？那就整晚讓您枕著我的胳膊也行。」

「那妳不能耍賴回頭或是主動搭訕喔。」

「那當然。」

有田老人是料到會輸才打賭。老人想，就算輸了，宮子應該還是會徹夜讓他枕著手臂。可是，自己睡著後，不就不知道有沒有枕著手臂了嗎？老人苦笑，走進男裝布料行。他目送宮子和跟蹤的男人，奇妙地感到恢復青春。不是嫉妒。嫉妒是大忌。

老人家裡有個名義上是女管家的美人。比宮子大十幾歲，現年三十幾。年近七十的老人枕著這兩個年輕女人的玉臂，讓對方摟著脖子，含著對方的乳房，彷彿在母親懷中。對老人來說，能夠讓他忘記這世間恐怖的，除了母親別無其他。女管家和宮子都知道對方的存在。她嚇唬宮子說，兩人如果吃醋，老人或許會在過度恐懼下變得狂暴，危及她們的性命，也可能心臟麻痺當下猝死。雖是隨口胡說，但老人有被害妄想症，也有心臟病，宮子也在老人需要時，用柔軟的手心替他按著胸口，或是將美麗的臉頰輕輕貼在他的胸前，所以她早就知道。但梅子這個女管家似乎也不是完全不嫉妒。有田老人一來宮子家就討好宮子的日子，宮子憑經驗察覺，那通常就是因為梅子吃醋才來的。想到還年輕的梅子還會為這種老人吃醋，宮子覺得可笑又厭世。

有田老人經常在宮子面前誇獎梅子是賢妻良母型的女人，所以宮子感到他是在自己身上追求妓女的特質。不過，老人在宮子和梅子身上渴望的都是母性，這點顯然比什麼都清楚。有田的生母在他兩歲時就離婚，後來有了繼母。這件事老人也對宮子說過很多次。

「就算是繼母，如果來的是宮子或梅子這樣的人，我不知會有多幸福。」老人向宮子撒嬌。

「那可難說喔。就連我，如果你是繼子，我也會欺負你。你小時候一定很討人厭。」

「我是可愛的孩子。」

「為了補償小時候被繼母虐待，所以到了這個年紀，有了兩個好母親，不是很幸福嗎？」即使她這樣略帶調侃。

「的確。我很感謝。」

有什麼好感謝的！宮子感到類似憤怒的情緒，但年近七十還工作勤勉的老人這種樣子，宮子多少也覺得人生之中有點值得學習之處。

勤勉的有田老人似乎很受不了宮子散漫的生活。宮子一個人時無所事事。每天過著無可無不可等待老人的生活，年記輕輕就失去活力。那個女傭阿辰到底為何這麼有幹勁，讓宮子覺得不可思議。老人旅行時，宮子總是陪同，阿辰卻慫恿她浮報住宿費。換言之，是讓旅館開收據時把金額多寫一點，宮子再把那多出來的錢自己私吞。就算真有旅館肯那樣做，宮子也會覺得自己很丟臉。

「要不然，茶水費和小費也能動手腳。付帳時，您去隔壁房間。把茶水費和小費狠狠抬高價錢。老爺為了面子一定會出錢。然後去隔壁房間之前，如果是三千圓您就偷偷抽出一千，藏進腰帶或襯衫的胸口裡面，絕對不會被發現。」

「天啊，真受不了妳。那麼小家子氣、一點小錢也斤斤計較……」

不過就阿辰的薪水看來，那應該不是一點小錢。

「這可不是斤斤計較。要想存錢，除了積沙成塔沒別的辦法。像我們這樣的女人……存錢啊，就是得日積月累。」阿辰用力說。

「我是站在太太這邊的。怎麼能眼睜睜看著您年輕的鮮血被老頭子吸乾。」

每次有田老人來時，阿辰連聲音都會變，就像風塵女子，對宮子也是，此刻的聲音就有點噁心。宮子感到微微的寒意。不過，比起阿辰的聲音和說的話，更讓她心寒的是想到歲月就像日積月累的存款，或者正好相反，歲月流逝得太快，宮子身體的青春活力也日漸流逝。

宮子和阿辰的成長環境不同，在日本戰敗之前，算是在風花雪月中長大的孩子，當然不會想到連住宿旅館的開銷都要從中撈一筆，但她覺得這等於證明了出主意的阿辰，在廚房也零零碎碎撈了不少錢。光是一個感冒藥，阿辰去買和幸子去買，就相差五圓或十圓。這樣積少成多，阿辰的存款不知累積了多大一筆，宮子不免也萌生好奇，想從她女兒幸子那裡打聽一下。但阿辰不像是會給女兒零用錢，所以八成也沒給女兒看過存摺。宮子本來掉以輕心，心想反正也不可能有太多錢，但是阿辰那種積沙成塔、螞蟻搬家的耐性，容不得她掉以輕心。總之阿辰的生活是一種健康，宮子的生活顯然是一種病態。宮子的年輕美麗是消耗品，阿辰卻好像完全沒消耗自身地活著。聽說阿辰以前被戰死的丈夫拖累，吃了不少苦，宮子感到某種快感，

「他害妳哭了？」

「當然哭了……幾乎沒有一天不是哭得兩眼紅腫。他扔的火筷，戳中幸子的脖子，到現在還留下一小塊傷疤。就在脖子後面。您看了就知道。我認為那個傷疤是最好的證據。」

「什麼證據……？」

「這還用說，小姐，這叫我怎麼說得出口。」

「可是，連妳這樣的人都會被欺負，男人果然很厲害。」宮子裝傻。

「對呀。不過也看怎麼想啦。那時候我就像中邪似的，為我老公做牛做馬，一心一意只有他……等清醒過來就沒事了。」

阿辰的說法，令宮子想起自己在戰爭中失去初戀情人的少女模樣。

或許是因為從小家境富裕，宮子向來把金錢視為身外之物。對現在的宮子來說二十萬雖是鉅款，但丟了就丟了，她很快就放棄了。宮子一家在戰爭中失去的，和這年頭的二十萬有天壤之別。不過宮子當然沒辦法籌出二十萬。就是因為有需要才從銀行領出來，所以這下子宮子有點發愁。如果撿到的人送去警局，金額高達二十萬，說不定會上報紙。包裡也有銀行存摺，可以知道失主的姓名和地址，所以撿到的人照理說不是直接送來家裡，就是透過警察通知。宮子也連著三、四天都注意報紙。她認為跟蹤的男人也知道了她的姓名住址。果然是那個男人偷走了嗎？否則，那個男人撿走手提包，或者就算沒有撿，也該繼續跟蹤才對吧。難不成，那人被手提包打中，嚇得落荒而逃了？

宮子遺失手提包，是她在銀座叫有田老人買夏季白色衣料的一週後。那一個星期之中，老人沒有來過宮子家。老人出現，是在手提包事件發生後的第二天晚上。

「哎喲。您回來了。」阿辰連忙去迎接，接過濕淋淋的洋傘後，

「您是走路來的嗎？」

「對。天氣變壞了。也許是梅雨。」

「一定很痛吧。幸子，幸子……」她喊道，

「對了，幸子正在洗澡。」她說著，來不及穿鞋就赤腳跳下玄關口，替老人脫鞋。

「既然燒了洗澡水，那我也想泡一下暖暖身。濕答答的，像今天這樣冷得不合季節常理……」

「那可不行哪。」阿辰小眼睛上方的短眉毛皺起。

「哎呀，真是糟糕。因為沒想到您會回來，幸子先去泡澡了，這下子怎麼辦。」

「沒關係。」

「幸子，幸子。妳立刻出來。把上層的熱水，輕輕舀出來，弄乾淨一點喔……周圍也要沖洗乾淨……」阿辰急忙過去，用瓦斯燒熱水，也重新點燃浴室的瓦斯。

有田老人連雨衣也沒脫，就伸長了腿摩挲。

「去浴室讓幸子替您按摩一下吧……」

「宮子呢？」

「是，太太說要去看新聞片……是只播新聞片的電影院，所以應該馬上就會回來。」

「幫我叫按摩師好嗎。」

「是。還是每次那個……」她起身，把老人的和服拿來後，

「您要在浴室更衣吧。幸子。」她再次呼喚，

「那我去叫她一下。」

「她已經洗好了？」

「是。已經好了……幸子。」

一小時後宮子回來，有田老人正在二樓的床上讓女按摩師按摩。

「很痛。」他小聲說。

「這麼煩人的雨，難為您還出門。再泡一次澡，會很清爽。」

「是啊。」

宮子自然而然倚靠西式衣櫃坐下。才一星期沒見到有田老人，他的臉色好像蒼白又疲憊，臉頰和手上的淺褐色老人斑格外醒目。

「我去看新聞了。看著新聞，會充滿活力。去的路上，本來打算不看新聞去洗頭算了，結果美容院已經關門了……」宮子說，看著老人似乎剛洗過的頭。

「有護髮液的味道。」

「是幸子噴了香水。」

「她好像體味很重。」

「嗯。」

宮子下樓去浴室。洗了頭。叫來幸子，用乾毛巾替她擦頭髮。

「幸子，妳的腳真可愛。」宮子本來用雙肘撐著膝蓋，這時伸出一隻手，摸摸眼下幸子的腳背。幸子不停發抖，連宮子的裸肩都感到了。或許是遺傳了阿辰的本性，幸子手腳有點不乾淨，不過宮子的東西，她只會拿扔在垃圾桶裡的舊口紅、缺齒的梳子、掉落的小髮夾之類的物品。宮子也知道，那是因為她對宮子的美貌憧憬又羨慕。

出了浴室，宮子在白底薊花圖案的浴衣外面披上短褂，按摩老人的腳。她一邊想著如果進了老人的家門，大概天天都得替老人按摩雙腳，

「那個按摩師，技術很好嗎？」

「很差勁。來我家的那個比較厲害。動作熟練，而且按摩帶著誠意。」

「那個人也是女的？」

「對。」

在老人的家裡，女管家梅子大概也天天替他按摩，宮子這麼一想就不高興，手上放鬆了力氣。有田老人抓著宮子的手指，放在坐骨神經根部的穴位。宮子的手指柔順地彎曲。

「像我這樣細長的手指不行吧。」

「會嗎……不見得。年輕女人帶著情意的手指最好。」

宮子的背肌顫抖，手離開了穴位，又被老人抓著手指。

「像幸子那樣短短的手指比較好吧？要不讓幸子練習一下？」

老人不吭聲。

宮子忽然想起雷蒙．哈狄格[2]的《肉體的惡魔》中的句子。看過電影後，她看了原作。瑪塔說，「我不想害你一生不幸。我哭了。因為我對你來說已經是老太婆。」「這句愛語，有種孩子氣的矜貴。今後，無論感受到什麼樣的熱情，也絕不可能比得上被十九歲的女孩自稱是老太婆的這種純情打動。」瑪塔的戀人十六歲。十九歲的瑪塔遠比二十五歲的宮子年輕。委身於老人虛度青春的宮子，看到這裡時感到異常的震撼。

有田老人總說，宮子看起來比實際年齡更年輕。不是老人偏愛才這麼說，宮子在任何人看來都很年輕。但是有田老人說宮子年輕，連宮子也能感到，是因為老人喜歡、迷戀宮子的年輕。老人最怕也最難過的，就是宮子的臉蛋失去女孩的青春，身材鬆弛走樣。年近七十的老人對二十五歲的情婦，居然還期望年輕，仔細想想似乎既奇怪又骯髒，但是宮子忘了責備老人，有時好像反被老人感染，也期望自己永保青春。在企盼宮子年輕的同時，年近七十的老人也在二十五歲的宮子身上渴求母性。宮子不打算回應，卻難免有時萌生身為母親的錯覺。

2 雷蒙．哈狄格（Raymond Radiguet, 1903-1923），法國詩人、作家。十五歲就被譽為詩壇瑰寶，寫出經典作《肉體的惡魔》時年僅十七。

宮子用大拇指按著趴臥的老人腰部，有點像是騎在他身上似的伸直手臂撐著，

「妳騎到我腰上好嗎。」老人說。

「輕輕地替我踩那裡。」

「我不要……何不叫幸子來？幸子身材瘦小腳也小，應該更適合。」

「那丫頭是小孩，會難為情。」

「我也很難為情呀。」宮子說著，想到幸子比瑪塔小兩歲，比瑪塔的小情人大一歲。但那又怎樣呢？

「您是因為打賭輸了，所以才不來？」

「妳說那個賭約啊。」老人像鱉一樣轉動脖子，

「不是的，是我神經痛。」

「到家裡的按摩師技術比較好……？」

「嗯。可以這麼說吧。況且，因為賭輸了，也不能讓妳的手臂給我

枕……」

「好吧，我答應您。」

宮子很清楚，有田老人光是被按摩腰腿，把臉埋在宮子的胸口，就已享受到這個年紀應有的快樂。在宮子家的這種時光，忙碌的老人自稱是「奴隸解放」的時間。那種說法讓宮子想起那段時間自己才是奴隸。

「穿上浴衣後泡完澡的身體都不熱乎了吧。不用按了。」老人翻了個身。果然如宮子所料，答應讓他枕手臂這一招很管用。宮子已經厭倦按摩了。

「不過，被那種戴著青色帽子的男人一路尾隨，是什麼心情？」

「很愉快呀。和帽子的顏色毫無關係。」宮子刻意讓聲調充滿活力。

「如果只是跟蹤，的確和帽子的顏色無關……」

「前天也是，被奇怪的男人跟蹤到前面的藥房門口，害我弄丟了手提包。真可怕。」

「什麼？一週之內被兩個男人跟蹤？」

宮子讓有田老人枕著手，一邊點頭。老人和阿辰不同，對於她走在路上居然弄丟手提包，似乎並不覺得奇怪。或許宮子被男人跟蹤一事，已經讓他驚訝得無暇去懷疑其他。老人的驚訝多少給宮子帶來快感，因此解放了身體。老人把臉靠在她的胸口，雙手將那溫熱的隆起貼在太陽穴，

「這是我的。」

「是的。」

宮子像小孩那樣回答後定定不動，在老人滿頭白髮的腦袋上方，湧出眼淚。她關掉燈。疑似撿走手提包的那個男人，決心跟蹤宮子的那瞬間，泫然欲泣的臉孔，浮現在黑暗中。

「啊！」男人似乎這麼吶喊，宮子雖然沒聽見卻彷彿聽見了。

錯身而過的男人駐足轉身的瞬間，被宮子頭髮的光澤，耳朵和後頸的膚色，誘發刺人似的感傷，

「啊！」他吶喊後頭暈眼花幾乎倒下的模樣，宮子不看也能看見。聽著聽不見的叫聲，宮子轉頭對男人泫然欲泣的臉孔投以一瞥的瞬間，就注定了那個男人會跟蹤。那個男人似乎意識到悲傷，卻失去了自我。宮子當然不可能失去自我，但是從男人身上鑽出的男人影子，似乎悄悄潛入宮子的內在。

宮子起初只是回頭看了一眼，之後就再也沒回頭，也不記得男人的長相。現在也只浮現黑暗中模糊的臉上，那泫然欲泣的扭曲。

「是魔性吧。」過了一會之後有田老人嘀咕。宮子的眼淚流個不停，沒有回答。

「妳或許是有魔性的女人吧。那麼多男人跟蹤，妳自己都不害怕？肉眼看不見的惡魔，住在妳這裡面。」

「會痛啦。」宮子將胸部向後縮。

宮子回想起少女時期乳房有時會痛。那時的自己純潔無瑕的裸體如在眼前。雖說看起來比實際年齡年輕，如今畢竟已是成熟女人的身體。

「您講話真壞心。難怪會神經痛。」宮子胡亂反駁。因為宮子隨著體型的改變想到，昔日純真的女孩也變成壞心眼的女人了。

「我哪裡壞心了。」有田老人當真了，

「讓男人尾隨，這樣有意思嗎？」

「沒意思。」

「妳不是說心情很痛快？跟著我這種糟老頭，想必心懷鬱憤或者想要報復。」

「報復什麼？」

「誰知道，或許是對妳的人生，或者坎坷的命運吧。」

「不管心情痛快，或是沒意思，都不是那麼簡單的東西。」

「不簡單啊。報復人生，的確不簡單。」

「既然如此，您和我這種年輕女人交往，是在報復人生嗎？」

「嗯？」老人詞窮，

「不是什麼報復。如果硬要說報復，應該是我被報復，而且或許正遭到報復。」

宮子沒有仔細聽。自從說出弄丟手提包後，她就在考慮是否該坦承包裡裝了鉅款，叫有田老人補償她。不過二十萬還是太多了。該說多少金額才適當？儘管那都是老人給的錢，但已經是宮子的存款了，她要怎麼處置是她的自由，如果說那是供弟弟上大學的錢，反而更容易向老人開口。

宮子從小就常聽大人感嘆，她和弟弟啟助的性別應該對調才對。但被有田老人包養後，或許是因為失去希望，她養成懶惰的毛病，變得很軟弱。就算在某本書上看到「計較容貌乃小妾所為，正妻不重美醜方為正理」這種古老的說法，宮子還是感到幾乎眼前發黑的悲傷。就連對美貌的自傲都喪失了。被男人尾隨時，那種自傲或許重新湧現。但是宮子自己也知道，男人跟蹤她不只是為了她的美貌。或許正如有田老人所言，是因為她散發魔性。

「不過，這樣很危險。」老人說。

「雖有捉迷藏這種遊戲，但是一再被男人尾隨，豈不是成了捉魔鬼遊戲？」

「或許吧。」宮子肅然回答，

「人類之中或許也有與人不同的魔族，另有類似魔界的地方。」

「這點妳已有自覺？妳這人真可怕。小心受傷喔。這樣無法平安活到老喔。」

「我的兄弟姊妹，或許也有那種特質吧。就連我那文靜乖巧像個女孩子的弟弟，都寫了遺書。」

「為什麼……」

「為了一點小事。我弟想和好朋友一起上大學，只因自己去不成就想不開……就是今年春天的事。他那個姓水野的朋友，家世好，頭腦也聰明。入學測驗時，人家說如果可以的話，願意教他，甚至把答案寫兩份都行。我弟弟的成績也不錯，但他膽子小，害怕自己到了緊要關頭會在考場腦貧血[3]發作，結果真的腦貧血了。就算通過測驗，還是無望入學，所以更畏縮了。」

「那種事，妳怎麼從來沒說過？」

「就算告訴您也沒用吧。」

宮子停頓了一下又繼續說。

「水野這孩子很優秀所以沒問題，但我媽要讓弟弟入學，花了不少錢。為了慶祝弟弟入學，我也在上野請他吃飯，之後還去動物園看夜櫻。和我弟弟，水野，以及水野的女友……」

3 腦貧血，是指由於大腦的血液循環不良而引起的症狀，常見症狀包括頭痛、噁心、暈眩，有時還會導致昏厥。

「啊？」

「說是女友，算實歲的話，其實才十五呢……在看夜櫻的動物園，我也被男人尾隨。那人還帶著老婆孩子，卻丟下家人，一路跟著我。」

有田老人似乎格外震驚，

「怎麼會做出那種事。」

「又不是我做的……我只是很羨慕水野和他的女友，看起來有點傷心罷了。不是我的錯喔。」

「不，就是妳造成的。妳不是樂在其中嗎？」

「太過分了。我才沒有樂在其中。弄丟手提包時也是，因為我很害怕，拎著手提包打那個男人。或許是用扔的。總之當時太激動，我自己也不確定。手提包裡，裝了對我來說是鉅款的錢。因為我媽向爸爸的朋友借錢供弟弟上大學，我看她發愁，想貼補她，所以從銀行領了錢正要回來。」

「裡面裝了多少錢？」

「十萬塊。」宮子情急之下只說出一半金額，隨即驚覺屏息。

「嗯，那的確是鉅款。全被那個男人拿走了……？」

宮子在黑暗中點頭。老人憑著觸感也能感到，宮子的肩膀抽動，心跳變得急促。但是宮子把金額砍半說出後，更加感到屈辱。是摻雜某種恐懼的屈辱。老人溫柔地愛撫宮子。宮子雖覺得至少能得到一半的補償，淚水卻再次奪眶而出。

「用不著哭。不過，那種情形一再重演，下次可能會受重傷喔。關於被男人尾隨這件事，妳說的話，好像前後充滿矛盾。」有田老人沉穩地責備她。

老人枕著宮子的手臂睡著了。但宮子睡不著。外面不停下著梅雨。只聽鼾聲，根本猜不出有田老人的年紀。宮子抽出手臂。同時另一隻手悄悄抬起老人的頭，但是老人沒有醒。這個厭女的老人待在女人身旁，毋寧是依賴女人才能安詳入睡，如果套用老人剛才的說法，宮子覺得充滿矛盾，同時也厭惡起自己。有田老人討厭女人，即使不言不語，宮子也很清楚這點。老人才三十幾歲時，妻子就因嫉妒自殺，所以或許已對女人的妒意之可怕刻骨銘心，從此只要女人稍微露出嫉妒的跡象，他就會立刻拒之千里。宮子無論是基於自尊心，或者自棄心，都不打算為有田老人吃醋，但她畢竟是女人，偶爾一時失言，忍不住說出略帶嫉妒的話，老人就會露出難看的臉色，足以令宮子的妒意凍結。宮子很失意。不過，老人的厭女症，好像不只是因為女人愛吃醋。似乎也不只是因為他老了。宮子雖然有時會嘲笑，對一個骨子裡厭女的人，女人有什麼好爭風吃醋的，但是考慮到有田老人和自己的年紀，老人說什麼討厭女人或喜歡女人未免奇怪。

宮子羨慕地想起弟弟的朋友及其女友。水野有町枝這個女友的事，宮子也聽啟助說起過，但是直到慶祝弟弟他們入學那天，宮子才第一次見到町枝。

「沒見過那麼清純的少女。」啟助之前就這麼提起過町枝。

「十五歲就有情人，也太早熟了吧。不過，也是，說是十五，虛歲算來也十七了。這年頭的孩子，十五歲就有情人，真有本事。」宮子改口這麼說之後，

「不過，小啟，女人真正的清純，你懂嗎？只是乍看外表，應該看不出來吧。」

「我當然懂。」

「那你說說看，怎樣才是女人的清純。」

「這種事怎麼說得出來。」

「小啟既然這麼看，那應該就是吧。」

「姊妳如果看到她也會明白。」

「女人都很壞心眼喔。不像小啟你這麼天真……」或許啟助還記得她這樣說過，當宮子在母親家第一次見到町枝時，啟助反而比水野更面紅耳

赤、態度忐忑。宮子不可能讓弟弟的朋友來自己的住處，所以上次是相約在母親的家裡碰面。

「小啟，姊姊也認可那個女孩。」宮子在裡屋一邊替啟助穿上嶄新的大學制服，一邊說。

「是嗎。咦，襪子穿反了。」啟助說著坐下。宮子也拉開深藍色百褶裙，坐在他面前。

「姊姊也會祝福水野吧。所以才叫他把町枝也帶來。」

「對，我當然祝福。」

啟助該不會也喜歡町枝吧？宮子很心疼脆弱的弟弟。

「水野家非常反對。所以聽說給町枝家裡寫了信……據說信中內容非常無禮，把町枝的家裡也氣壞了。就連今天，町枝也是偷偷來的。」啟助激動地說。

町枝穿著學生風格的水手裝。說要慶祝啟助入學，帶來一小束甜豌豆花。插在啟助桌上的玻璃花瓶中。

宮子打算去上野公園看夜櫻，所以邀請他們去上野的中餐廳，但是公園人潮擁擠，寸步難行。櫻樹也累了，花枝無力伸展。不過在電燈的燈光下花色濃豔，看似桃紅色。町枝不知是本就個性沉默，還是忌憚宮子，很少開口，但她說自家院子裡，五月修剪過的草坪上，早上起來看到鋪滿散落的櫻花非常美。還有，來啟助家的路上，在護城河畔的成排櫻花中，浮現宛如半熟蛋黃的夕陽。

走下清水堂旁那條人跡稀少略顯昏暗的石階時，宮子對町枝說，

「大概是我三、四歲時吧……我記得折了紙鶴，和我媽一起掛在這個佛堂。祈求我爸的病情康復。」

町枝沒說話，和宮子一起在石階中段駐足眺望清水堂。

通往博物館的正面道路，人潮多得寸步難行，他們拐向動物園那邊。東照宮的參道旁，燃著篝火，於是走上那條石板路。參道旁的成排石燈籠

在火光下形成黑影，上方是綿延不絕的盛開櫻花。燈籠後方的空地，有一群群的賞花客席地圍坐成一圈，中央各自點燃蠟燭大開酒宴。

每次有醉漢踉蹌走來，水野就會挺身而出，把町枝護在身後。啟助和兩人稍微隔了一段距離，站在醉漢和兩人之間，似要保護兩人。宮子抓著啟助的肩膀避開醉漢，心想啟助原來還有這種勇氣。

篝火的火光照得町枝的臉孔更加美麗。她嚴肅地抿著嘴，臉頰的色澤宛如聖少女。

「姊姊。」町枝說，突然緊貼在宮子背後躲藏。

「怎麼了？」

「是學校的朋友……和她父親一起。那是我家的近鄰。」

「連町枝也要躲藏？」宮子說著和町枝一起轉頭，自然而然拉起町枝的手。那隻手再也鬆不開，就這樣手牽手繼續走。一碰到町枝的手，宮子幾乎驚呼。雖然都是女人，但怎麼會這麼舒服。不只是手上柔滑細嫩的肌膚觸感，少女的美麗滲透宮子的心扉，「町枝，妳應該很幸福吧。」她只能這麼說。

町枝搖頭。

「哎喲，為什麼？」宮子吃驚地湊近町枝的臉看。町枝的雙眼在篝火照映下炯炯發亮。

「難道妳也有不幸？」

町枝沉默。鬆開了手。宮子心想，不知有多少年沒和同性手牽手走路了。

宮子經常見到水野，所以那晚目光都被町枝吸引。看著町枝，宮子感到很想獨自去遠方的愁緒。路上假使和町枝錯身而過，說不定也會轉身久久回顧那背影。男人之所以尾隨宮子，想必也是如此強烈的感情吧。

廚房響起瓷器掉落或倒下的聲音，令宮子驀然回神。今晚也有老鼠出現。宮子遲疑是否該起身去廚房看看。似乎不只一隻老鼠。說不定多達三隻。老鼠渾身想必都被梅雨淋濕了，宮子抬手摸洗過的頭髮，悄然按住那種冰冷。

有田老人似乎呼吸困難地扭動。掙扎越來越激烈。宮子蹙眉心想又來了，挪身遠離他。老人始終在夢囈呻吟。宮子已經習慣了。老人就像被絞殺的人那樣肩膀劇烈聳動，伸手揮開什麼，狠狠打到宮子的脖子。呻吟聲持續。其實只要把他搖醒就沒事了，但宮子身體僵硬不動，湧現些許殘忍的心情。

「啊啊。啊啊。」老人叫喊著，手在空中胡亂揮動，在夢中尋求宮子的身體。只要用力抓著宮子，有時不用醒來就會安靜。可是今晚他被自己的慘叫驚醒了。

「啊啊。」老人搖頭晃腦，渾身無力地依偎著宮子。宮子溫柔地放鬆身體。每次都這樣，所以她不會說什麼「您又夢囈了。是做了噩夢嗎」。

但老人看似不安，

「我有沒有說什麼？」

「沒有。只是不停呻吟。」

「是嗎。妳一直沒睡？」

「沒睡。」

「是嗎。謝謝。」

老人把宮子的手臂拽到脖子下面。

「梅雨季節最糟糕了。妳的失眠，也是因為梅雨。」老人似乎很難為情，

「我還以為是我大叫，把妳吵醒了。」

「我就算睡著了，每次不也為您起來了？」

有田老人的尖叫聲，就連睡在樓下的幸子都醒了。

「媽，媽，好可怕啊。」幸子嚇得緊抓著阿辰。阿辰抓著女兒的肩

膀，把她推開，

「這有什麼好怕的。不就是老爺嗎。害怕的人是老爺。就是因為有那毛病，老爺才不願意一個人睡。旅行也要帶太太去，把她捧在手心上。要是沒有那個毛病，他早就不是玩女人的年紀了。只不過是做噩夢，一點也不可怕。」

坡道上有六、七個孩童在嬉鬧。其中也有女孩子。想必都還沒上小學，或許剛從幼稚園放學回來。其中有兩三人拿著棍子，沒棍子的人也假裝拿著，各個彎腰駝背擺出拄枴杖的姿勢，

「老公公，老婆婆，直不起腰……老公公，老婆婆，直不起腰……」

他們一邊唱著，一邊搖搖晃晃走路。唱來唱去只有這幾句，就這樣一再重複，真不知道有什麼好玩的，與其說在嬉鬧，反而有種被自己的行為魅惑的認真。動作漸漸越來越大。一個女孩搖晃過度，不慎摔倒。

「哇，好痛，好痛。」那個女孩用老太婆的動作揉腰，但是爬起來後，又加入了「老公公，老婆婆，直不起腰……」的合唱。

坡上走到底是高聳的堤防，堤防長出嫩草，松樹不規則散布。松樹不算高大，但枝葉婆娑就像古老隔扇或屏風上畫的松樹，浮現在春日的向晚天空。

孩子們在那通往向晚天空的坡道中央，搖搖晃晃走上去。就算走得東搖西晃，也很少有嚇唬孩子的汽車經過，路上更是人影稀少。東京的住宅區倒也不是沒有這樣的地方。

這時也是，只有一個牽柴犬的少女，從坡下走上來。不，還有一人，桃井銀平跟在那個少女後面。但是銀平全神貫注在少女身上，已喪失自我，所以是否算是一個人還是疑問。

少女走在一側的成排銀杏樹蔭下。這條路只有一側有行道樹。人行道也只有行道樹的那一側才有。另一側，柏油路面旁緊接著就是石牆。豪宅的石牆，從坡下一直延伸到坡上。有行道樹的這頭是戰前貴族的大宅，占地既深且廣。人行道旁有很深的水溝，砌成石壁。或許是仿照護城河的縮小版。水溝再過去是徐緩的小丘，丘上遍植矮松。松樹以前似乎經過精心打理，還保有昔日風情。矮松群上方可以看見白牆。圍牆低矮，有瓦片屋頂。成排銀杏樹高聳，剛發芽的細碎嫩葉，也沒有茂密到足以遮蔽枝頭，還很稀疏，所以那個高度和對面的差異，篩落或濃或淡的夕陽餘暉，在少女的身上渲染鮮嫩的綠色。

少女穿著白毛衣，粗棉長褲。看似已穿舊的灰色長褲褲腳折起，露出的紅格子格外鮮豔。這偏短的長褲和帆布運動鞋之間，露出少女白皙的腿。頭髮隨意綁成一束垂落，耳朵至脖頸的白皙膚色很美。狗拽著牽繩，所以她的肩膀有點傾斜。這個少女奇蹟般的魅力，緊緊抓住了銀平。光是從反折的紅格子褲腳和白色帆布鞋之間露出的少女膚色，就已經有一股讓銀平想自殺或者殺死少女的哀傷湧上心頭。

銀平想起故鄉昔日的彌生，也想起教過的學生玉木久子，但此刻他覺得兩者連這個少女的腳趾頭都比不上。彌生膚色雖白，肌膚卻沒有光澤。久子的皮膚黑得發亮，但是膚色暗沉。沒有少女這樣的天仙氣息。而且與昔日和彌生玩耍的少年銀平、接近久子時的教師銀平相較之下，現在的銀平落魄潦倒，心也破碎。雖是春日傍晚，銀平卻如在刺骨寒風中，衰頹的眼皮幾乎滲出淚水，一點小小的上坡路都氣喘吁吁。膝蓋以下發麻無力，完全追不上少女。銀平還沒看到少女的臉孔。至少能和少女並肩走到坡上，聊聊養狗的話題也好，但是機會只有此刻，而且似乎難以相信那個機會就在這裡。

銀平張開右掌揮動。這是邊走邊激勵自己時的習慣動作，也是因為又想起猶有餘溫的老鼠屍體，握住老鼠死不瞑目、嘴巴流血的屍體時那種觸感。在湖畔的彌生家，養了日本狸犬，是那隻狗在廚房抓到的老鼠。狗叼著老鼠似乎不知如何處置，就這麼乾站著，彌生的母親說了什麼拍拍狗頭，狗就乖乖鬆口了。但是老鼠一落在拼木地板上，狗又想飛撲過去，是彌生抱起狗安撫，「好乖好乖，你很棒，你很棒。」然後命令銀平，

「阿銀，快把那隻老鼠弄走。」

銀平慌忙撿起老鼠，嘴巴流出的血在拼木地板落下一滴。老鼠的身體溫熱很噁心。雖然死不瞑目，卻是老鼠可愛的眼睛。

「快拿去扔掉。」

「扔在哪裡……？」

「扔湖裡就行了。」

銀平在湖岸，拎著老鼠尾巴用盡全力朝遠處扔去，黑夜中，噗通響起淒涼的水聲。銀平拔腿就逃。彌生也不過就是舅舅的孩子吧，他很不甘心。當時銀平十二、三歲。他夢見被老鼠嚇唬。

抓過一次老鼠的㹴犬，似乎學會了，開始天天盯著廚房。人如果對狗說了什麼，狗似乎都認為是在說老鼠，立刻衝向廚房。只要一下子不見狗

的蹤影，準是在廚房角落。不過狗當然不可能像貓。㹴犬仰望老鼠從櫃子爬上柱子溜走，歇斯底里地叫個不停。簡直像被老鼠搞得神經衰弱。連眼神都變了的狗，也令銀平感到憎惡。他從彌生的針線盒偷出帶著紅線的縫衣針，一直在找機會想把針線穿過日本㹴犬單薄的耳朵。離開這個家的時候想必是好時機。事後引起騷動，發現狗的耳朵穿著縫衣針的紅線，大人或許只會懷疑是彌生幹的。但是銀平把針往狗耳朵一戳，狗就尖叫著逃走了，根本行不通。銀平把那根縫衣針藏在口袋，回到自己家。在紙上畫出彌生和狗，用那紅線縫了好幾針，就此塞進桌子抽屜。

想到可以和牽狗少女聊狗的話題，就想起那隻捉老鼠的狗。討厭狗的銀平當然沒有什麼狗的好話題。少女牽的柴犬也隨著逐漸接近，看起來像要咬人。但是，銀平無法尾隨少女，當然不是因為狗。

少女邊走邊彎下身子，把牽繩從柴犬的項圈解開。被解放的狗奔向少女的前方，接著又跑回後方，橫越少女身旁，跑向銀平的腳邊。狗在聞銀平鞋子的氣味。
「哇！」銀平大叫一聲嚇得跳起來。
「阿福，阿福。」少女喊狗。
「哇啊啊，救命。」
「阿福，阿福。」
銀平面無血色。狗跑回少女身邊。
「啊呀，嚇死人了。」銀平踉蹌蹲下。這個動作是為了吸引少女注意刻意誇大，但銀平真的頭暈目眩地閉上眼。心跳劇烈得想吐。他按著額頭微微睜眼，只見少女給狗掛上牽繩，頭也不回地上坡去了。銀平感到氣得快爆炸的屈辱。那隻狗來聞他的鞋子，一定是因為知道銀平的腳很醜。
「可惡，我要把那隻狗的耳朵也縫起來。」銀平嘀咕，跑上坡道。但是憤怒的力量在追上少女之前就已消失。
「小姐。」銀平啞聲呼喚。

少女的腦袋轉過來時，垂落的馬尾搖晃，後頸之美麗，令銀平蒼白的臉孔燃燒如火。

「小姐，這隻狗真可愛。是什麼品種？」

「是柴犬。」

「哪裡的柴犬？」

「甲州。」

「是妳的狗嗎？妳每天都在固定的時間帶狗出來散步？」

「對。」

「每次散步都走這條路？」

少女沒有回答，但是似乎也沒有對銀平起疑心。銀平轉身看坡下。少女的家不知是哪一戶。新葉之中似乎有平和幸福的家庭。

「這隻狗會捉老鼠嗎？」

少女沒有笑。

「會捉老鼠的是貓。狗不會捉老鼠。不過，也有狗會捉老鼠喔。我家以前養的狗就很會捉老鼠。」

少女對銀平正眼也不瞧。

「狗畢竟不是貓，捉到老鼠也不吃。我當時還很小，真的很討厭拎著老鼠去扔掉。」

銀平自己都覺得這個話題噁心，但是嘴巴流血的鼠屍浮現眼前。緊咬的白牙也微微露出。

「那隻狗是日本㹴犬。彎曲的細腿不停顫抖，我很討厭牠。無論是狗或人，都有各式各樣呢。像這樣，能和小姐散步的狗真幸福。」說著，銀平或許是忘了剛才的害怕，竟然彎身想撫摸狗的背部。少女頓時把繩子從右手換到左手，讓狗避開銀平伸出的手。銀平看著狗在眼中的移動，勉強按捺下想抱住少女雙腿的衝動。少女想必每天傍晚都會牽著狗，走上這條坡道的銀杏樹蔭。銀平忽然冒出期盼，想躲在堤防上看那個少女，連忙狼狽地打住念頭。銀平鬆了一口氣。他感到裸身躺在嫩草上的清新。少女永遠會沿著這條坡道上來，走向堤防上的銀平。這是多麼幸福啊。

「冒昧打擾了。因為這隻狗很可愛，我也喜歡狗……不過，我討厭捉老鼠的狗。」

少女毫無反應。坡道盡頭就是堤防，少女和狗走上堤防的嫩草離去。堤防那頭一個男學生起身走來。少女主動先伸出手去拉學生的手，銀平驚訝得幾乎眼花。原來少女用帶狗散步當藉口，趁機出來約會嗎？

銀平發現，少女那烏黑的眼睛似乎因愛意閃爍水光。突如其來的驚愕令腦子發麻，少女的眼睛漸漸像是黝黑的湖泊。銀平感到，想在那清澈的眼中游泳，想在那黑湖中裸泳的奇妙憧憬與絕望同時並存。銀平垂頭喪氣地走著，最後爬上堤防，躺在嫩草上看天空。

學生是宮子弟弟的朋友水野，少女正是町枝。那是宮子為了慶祝弟弟和水野入學，把町枝也邀約出來，去上野看夜櫻的十天前左右。

水野也覺得町枝烏黑的眼睛水汪汪的光芒很美。黑眼珠在眼中似乎無限擴展。水野彷彿被吸進去般看得入迷，

「好想看到早上妳醒來時的眼睛。」他說。

「那時，妳的眼睛不知有多美？」

「我想，一定睡眼惺忪吧。」

「應該不會吧。」水野不相信。

「當我倏然醒來時，就已迫不及待想見妳了。」

町枝點頭。

「以往，醒來後兩小時之內，就可以在學校見到妳。」

「醒來後兩小時之內就能見面，這個你上次也說過。後來我也是早上一醒來，就會想到兩小時之內。」

「那妳根本沒有睡眼惺忪嘛。」

「誰知道。」

「有這種黑眼睛的人，日本真是好國家。」

那黝黑的眼睛烘托得眉毛和嘴唇都更美了。頭髮也和眼睛的顏色相互輝映，更添光彩。

「妳是用帶狗散步當藉口，從家裡出來的？」水野問。

「我沒說，但我牽著狗，看了也知道吧。」

「在妳家附近見面很冒險。」

「欺騙家人很難受。如果沒有狗，我就出不來，即使出來了，一臉不自在地回去，也會立刻被發現。不過，比起我家，你家的人應該更不可能同意吧？」

「別提那種事了。現在我倆都已從家裡出來，待會還要回家，此刻就算想起家裡也沒意思。既然是帶狗出來散步，妳應該不能在外面逗留太久吧。」

町枝點頭。兩人在草皮坐下。水野把町枝的狗抱到膝上。

「阿福也記得你。」

「狗如果會說話，大概會向妳的家人告密，那我們從明天起就無法見面了。」

「就算無法見面我也會等你，沒關係。我一定要考取你的大學。那樣的話，我們又能在醒來後兩小時之內見面了吧？」

「兩小時之內……？」水野咕噥，

「以後一定連兩小時都不用等。」

「我媽說現在談戀愛太早，不可信賴。但我覺得早早相識很幸福。真希望能在更小更小的時候認識你。中學時也好，小學時也好，如果很小的時候就能認識你，一定也會喜歡上你。我打從嬰兒時期就被揹來這個坡上，在這堤防上玩耍喔。你小的時候，沒有經過這坡道嗎？」

「好像沒有。」

「真的？我經常想，嬰兒時期是否就在這個坡道見過你。所以才會這麼喜歡你……」

「要是我小時候曾經走過這個坡道就好了。」

「小時候大家都說我可愛，在這個坡道，經常有陌生人抱我。那時候我的眼睛比現在更大更圓。」町枝烏黑的大眼睛對著水野，

「最近正是各家中學舉行畢業典禮的時候呢。從坡下向右走就是護城河，那裡不是有出租小船嗎？我牽狗經過時，看到像是今年中學剛畢業的男生和女生，把畢業證書捲成圓筒，拿在手裡，坐在小船上。我猜他們是划船當作臨別紀念，非常羡慕。也有女孩子拿著畢業證書，倚靠橋欄杆看朋友們划船。我中學畢業時，還不認識你呢。你一定和別的女孩子玩過吧。」

「我才沒有和什麼女孩子玩。」

「真的嗎……？」町枝歪起頭。

「天氣變熱可以划船之前，護城河結冰，有很多鴨子喔。我記得當時

還在想，冰上的鴨子和浮在水上的鴨子到底哪個冷。有人獵鴨子，所以據說鴨子白天逃來這裡，傍晚才會回到鄉下的山裡或湖泊……」

「噢？」

「也看到五一勞動節遊行隊伍的紅旗，經過對面的電車道。成排銀杏樹不是才剛冒嫩葉嗎，紅旗列隊經過其間，我只覺得很漂亮。」

兩人的下方，護城河被填平，傍晚至夜間成為高爾夫球練習場。對面的電車道有成排銀杏樹，剛冒出的嫩葉下方，黑色樹幹很醒目。上方的向晚天空逐漸籠罩桃紅色霧靄。町枝撫摸水野膝上的狗頭，水野用雙掌包覆她那隻手。

「我在這裡等妳的時候，好像聽見沉靜的手風琴旋律。當時我閉眼躺著。」

「是什麼樣的歌曲……？」

「這個嘛，好像是國歌……」

「國歌？」町枝很驚訝，依偎到水野身邊。

「怎麼會是國歌，你不是沒當過兵嗎？」

「收音機每天深夜都會聽到。」

「我每晚都會說『水野同學晚安』喔。」

町枝沒有把銀平的事告訴水野。因為町枝並不覺得被怪男人搭訕有那麼嚴重。她已經拋在腦後。銀平就躺在草地上，如果要看的確看得到，但就算看到了，八成也沒發現就是剛才的男人。銀平那邊卻無法不看兩人。泥土的冰冷滲入銀平的背部。現在應該算是介於冬季大衣和薄外套之間的季節，但銀平沒穿外套。銀平翻身，把身體對著町枝兩人那邊。對銀平而言，兩人的幸福毋寧令人詛咒，而非豔羨。閉眼片刻後，浮現兩人乘著燃燒的火焰在水上漂流的幻影。那似乎是兩人的幸福無法長久的證據。

「阿銀，姑姑好漂亮。」銀平聽見彌生這麼說。銀平和彌生在湖畔，並肩坐在山櫻花下。花影倒映水面，可以聽見小鳥啁啾。

「我喜歡看到姑姑說話時露出牙齒。」

那麼美貌的人，為何會嫁給銀平父親這麼醜的男人，彌生想必狐疑不解。

「我爸和姑姑，沒有其他的兄弟姊妹。況且你爸也死了，我爸說，姑姑其實可以帶著你搬回我們家。」

「我不要。」銀平說著臉都紅了。

是因為覺得會失去母親所以不願意，還是能夠和彌生待在同一個屋簷下的喜悅令他害羞？或許兩者都有。

當時銀平家，除了母親還有祖父母，以及失婚後搬回娘家的大姑姑。父親在銀平虛歲十一時，死於湖中。頭部有外傷，因此也有人說，他是被人殺害後扔進湖中。因為喝了水，最後判定是溺死，但也有在湖邊與人爭執被推落水中的可能。彌生家的人，卻說銀平的父親幹嘛非要特地來妻子家鄉的村子自殺，恨他故意觸他們霉頭。十一歲的銀平下定決心，如果父親真的死於他人之手，那他一定要找出兇手報仇。去母親家鄉的村子時，他就在父親的屍體打撈上來的那塊地方，躲在胡枝子草叢中，監視路過的人。因為他認為，殺死父親的男人不可能經過那裡還能坦然自若。一度有個牽牛的男人經過時，牛在那裡使性子。銀平連大氣都不敢出。那一片開著白色胡枝子花。銀平摘了花回來，夾在書中做成壓花，立誓為父報仇。

「我媽應該也不願搬回來。」銀平對彌生強調。

「因為我爸是在這個村子遇害的。」

彌生看著銀平鐵青的臉孔被嚇到了。

彌生尚未告訴銀平，村民謠傳銀平父親的鬼魂在湖畔出現。據說經過銀平父親死去的那一帶湖岸，就會有腳步聲跟在後頭。轉身一看，卻不見人影。如果立刻逃跑，據說鬼魂的腳步聲不會跑，只會隨著自己的奔跑逐漸遠離。

就連小鳥的叫聲從山櫻花的枝頭傳至下方枝椏，彌生都會聯想到鬼魂

的腳步聲，

「阿銀，我們回去吧。花影倒映在湖面，感覺有點可怕。」

「有什麼好怕的。」

「阿銀，那是因為你沒有仔細看。」

「不是很漂亮嗎？」

站起來的彌生，被銀平拉著手用力拽回去。彌生倒在銀平身上。

「阿銀。」彌生叫喊，任由和服下擺凌亂掀起，拔腿就逃。銀平追上去。彌生氣喘吁吁地停下腳。猛然抱住銀平的肩膀。

「阿銀，和姑姑一起搬回來吧。」

「我不要。」銀平說著，緊摟住彌生的胸部。銀平已經流下淚水。彌生眼神朦朧地恍惚望著銀平。過了一會彌生說，

「姑姑曾經對我爸說，如果再待在那種家，自己也會死掉。我聽見了。」

銀平和彌生相擁，僅此一次。

彌生家，也就是銀平母親的娘家，打從以前就是湖畔知名的世家望族。之所以和門不當戶不對的銀平家結親，八成是因為母親身上出了什麼問題。銀平有此疑念，是在又過了幾年之後。那時母親已和銀平分開，回到家鄉。銀平去東京刻苦求學時，母親罹患肺疾死在家鄉，母親寄來的微薄生活費也就此斷絕。銀平家的祖父已過世，如今只剩祖母和大姑姑還活著。聽說姑姑要了一個當初在婆家生的女兒，現在由她撫養，但銀平和家鄉長年失聯，也不知那個女孩是否找了贅婿。

銀平感到，尾隨町枝而來此刻躺在草地上的自己，和當初在彌生村子的湖畔躲在胡枝子草叢中的自己，似乎沒有太大改變。同樣的哀傷在銀平的內心流動。但他已不再認真想著為父報仇。縱然真有殺父兇手，那人如今也已年邁。如果一個又老又醜的大叔來找銀平，懺悔自己的殺人罪行，銀平會像中邪清醒後那樣神清氣爽嗎？能夠恢復那邊約會的兩人那種青春嗎？彌生村子的湖面映現的山櫻花，清晰浮現銀平的心頭。那是一絲漣漪都沒有、宛如大片鏡面的湖泊。銀平閉上眼，想起母親的臉。

期間，牽柴犬的少女似乎走下了堤防，銀平睜開眼時，只見學生站在堤防上目送。銀平也霍然起身，目送走下坡道的少女。成排銀杏樹的葉子已有濃郁的暮色暗影。雖然路上無人，少女也不敢回頭。走在前面的狗扯著牽繩急著回家。少女匆忙的小碎步很好看。銀平猜想，明天傍晚少女一定也會走上這條坡道，銀平一邊吹起口哨，朝水野站的地方走去。水野就算發現銀平，銀平也沒有在他的注視下停止吹口哨。

「很期待吧。」銀平對水野說。水野置之不理。

「我在問你是不是很期待。」

水野蹙眉看著銀平。

「哎，臉色別那麼難看，坐下來聊聊吧。我啊，只要看到幸福的人，就會很羨慕那種幸福。就這麼簡單。」

水野轉身準備離去。

「喂，有什麼好逃的。我不是說要聊一聊嗎。」銀平說。水野又轉過身來面對他。

「我不是逃跑。是跟你沒什麼好說的。」

「你以為我要勒索你？先坐下來嘛。」

水野直挺挺站著。

「我覺得你的女友很美。那有什麼不對嗎？她真的很美。你很幸福。」

「那又怎樣？」

「我想和幸福的人說話。其實，那女孩太美了，我之前一路都在跟蹤她。看到她和你私會我很驚訝。」

水野也驚訝地看著銀平，但是銀平見水野想邁步離去，遂從後方把手搭在他肩上說，「我們聊一聊吧。」水野用力推開銀平。

「混蛋！」

銀平從堤防滾落。倒在下方的柏油路上，右肩似乎傷到了。他在柏油路面盤腿坐了一下，按著右肩站起來。走上堤防。對方不見了。銀平痛苦喘息著坐下，悄然趴倒。

為何銀平在少女回家後主動接近學生搭訕，自己也覺得費解。明明是吹著口哨走過去，想必並無惡意。應該真的只是想和那個學生談談少女的美麗。只要學生採取率真的態度，他或許甚至可以指點學生，學生尚未發覺的少女之美。可是他劈頭就用看似嘲諷的態度說「很期待吧」，簡直太糟糕了。本來可以有更好的說法。不過話說回來，被學生推一下就滾落堤防，也讓他痛感自己是多麼失去力量，身體有多虛弱，銀平很想哭。一手抓著嫩草一手撫摸疼痛的肩膀，桃紅色晚霞在銀平瞇起的眼中模糊。

從明天起，那個少女八成不會再帶狗來這條坡道了。不，或許學生在明天之前來不及聯絡少女，所以明天應該還是會走上這條銀杏樹坡道吧。

但自己的長相已經被學生記住，這條坡道和堤防都不能待了。銀平環視堤防，尋找藏身之處卻毫無斬獲。穿著白毛衣，褲腳反折紅格子的少女身影，從銀平的腦中倏然遠離。桃紅色天空似乎染紅了銀平的頭。

「久子，久子。」銀平嘶聲呼喚玉木久子的名字。

那次搭計程車去見久子時也是，不是黃昏而是午後三點左右，但城市的天空好像也是桃紅色的。隔著車窗玻璃看到的街景蒙上一層水藍色，從駕駛座車窗搖下的窗口看到的天色卻不同，

「天空是不是有點桃紅色？」銀平忍不住朝司機的肩頭傾身問道。

「是啊。」

司機說話的態度很無所謂。

「也許沒有吧。怎麼搞的。該不會是我的眼睛有問題吧。」

「不是眼睛的問題。」

銀平保持傾身向前的姿勢，聞到司機舊衣服的氣味。

從那時起，銀平每次搭乘計程車，就不由感到淺桃紅色世界和水藍色世界。透過車窗玻璃看到的景物帶著水藍色，對照之下，司機搖下的窗口看到的變成桃紅色。或許就這麼簡單，似乎卻讓銀平相信，天空、街頭的牆壁、道路，乃至銀杏樹幹，其實都意外地蘊含桃紅色。春秋兩季時，很多車子都把後座的窗戶關著，只開駕駛座的車窗。儘管銀平沒有富有到去哪都坐車，但每次乘車這種感覺就與日俱增。

而且銀平也逐漸習慣認為，司機的世界是溫暖的桃紅色，而乘客的世界是冰冷的水藍色。乘客就是銀平自己。當然透過車窗玻璃看到的世界更清澈。東京的天空和巷道都充滿灰塵，汙濁不堪，或也因此才是淺桃紅色。銀平一再從後座探出身子，雙肘架在司機後方，眺望桃紅色世界，逐漸對那汙濁空氣的溫吞感到不耐煩，

「喂，老兄。」他想揪住司機。或許是要反抗或挑戰什麼的徵兆，但是如果真的揪住就是瘋子了。就算銀平在身後逼近，眼神危險，只要城市

和天空看起來還是明亮的桃紅色，司機就不用害怕。

此外，也不足為懼吧。因為銀平透過計程車窗玻璃的玄機，第一次發現淺桃紅色世界和水藍色世界的差異，是在去見久子的路上，朝司機肩膀探出身子，也是要去見久子的姿態。在那樣的計程車上，銀平總是想起久子。從那個司機舊衣服的氣味，逐漸聞到久子深藍色嗶嘰衣服的氣息，之後，從任何司機身上都能感受到久子的氣息。即使司機穿著新衣服也一樣。

第一次看到桃紅色天空時，銀平已經被剝奪教職，久子也轉學了，兩人是背著旁人幽會。銀平當初就是害怕變成這樣，

「不能告訴恩田喔。這是我倆的祕密……」他低語，久子彷彿置身那個祕密現場，臉都紅了。

「祕密如果保住了，就甜蜜快樂，可是一旦洩漏，會變成可怕的復仇之鬼四處作亂。」

久子笑得浮現酒窩，抬起眼瞪銀平。那是在教室走廊的盡頭。靠近窗戶的櫻樹長滿新葉，一名少女跳起來抓住樹枝，像吊單槓那樣晃動身體。樹枝猛烈搖晃，甚至令人懷疑隔著走廊的玻璃窗都能聽見葉片摩擦聲。

「戀愛除了兩人之外絕對沒有任何戰友。知道嗎。就連恩田，現在也已是敵人。是社會的眼睛之一，社會的耳朵之一。」

「可是，我或許會對恩田同學說。」

「絕對不行。」銀平畏懼地看著四周。

「可是我很痛苦。如果被恩田同學安慰，問我怎麼了，我根本無法隱瞞。」

「幹嘛需要朋友的安慰。」銀平強聲說。

「看到恩田同學的臉，我一定會哭出來。昨天回家，用水冰鎮紅腫的眼睛都讓我傷透腦筋。如果是夏天，冰箱有冰塊倒還好……」

「妳還有閒情逸致在乎這個。」

「人家真的很難過嘛。」

「給我看妳的眼睛。」

久子乖乖把眼睛轉向他。那種眼神，不像是用那雙眼睛看銀平，倒像是請求銀平看那雙眼睛。銀平感受著久子的肌膚，陷入沉默。

對於恩田信子，早在銀平和久子發展到這個地步之前，就想向她打聽久子家庭的內情。根據久子的說法，她想必對恩田知無不言。

可是恩田這個學生令銀平感到難以接近。如果向恩田打聽久子，恐怕會被恩田看穿心事。恩田成績很好，但是似乎也很有主見。記得某次上課時，銀平讀福澤諭吉的《男女交際論》，在「川柳」[4]有一句，走出兩三百米後方可夫妻相伴」這一段，提及「比方說丈夫出門遠行時妻子依依不捨，或是妻子殷切照顧生病的夫婿，令公婆覺得太肉麻看不過去的奇談也

4 川柳，日本的十七音短詩。多以滑稽的方式嘲諷人情世俗。

不是沒有」。

女學生們哄堂大笑。但是恩田沒有笑。

「恩田同學，妳不笑？」銀平說。恩田沒回答。

「恩田同學不覺得可笑？」

「一點也不可笑。」

「就算覺得不可笑，既然大家都笑得很開心，好歹也該笑一下吧。」

「我不要。和大家一起笑或許也行，但是等大家笑完之後，我認為不用跟風去笑。」

「妳很愛講大道理啊。」銀平板起臉，

「恩田同學說不可笑。大家覺得可笑嗎？」

教室鴉雀無聲。

「不可笑嗎？福澤諭吉在明治二十九（一八九六）年寫了這篇文章，戰後的現在看了如果也覺得不可笑，那就問題大了。」銀平繼續這個話

題。說到一半突然不懷好意地問，
「不過，有人見過恩田同學笑嗎？」
「有，我見過。」
「我也見過。」
「她經常笑。」
學生們嘻嘻哈哈笑著回答。
銀平事後想想，這個恩田信子和玉木久子之所以成為最要好的朋友，或許是因為久子也有個性異常的另一面。久子散發出足以讓銀平尾隨的魔力，對於銀平的跟蹤，久子內心祕藏的那一面不也接受了嗎。久子的女性本能在瞬間感電，戰慄般覺醒。久子委身於他時，銀平甚至感到顫慄，猜想大多數少女是否皆是如此。
對銀平而言，久子或許是他第一個女人。在那所高中，雖是師生關係卻愛著久子的那段日子，似乎是銀平前半生最幸福的時光。當初在鄉下父親還在世時，年幼的銀平迷戀表姊彌生，雖然的確是純真的初戀，但是想必太幼稚了。

不過，記得是九歲或十歲時吧，銀平忘不了，自己曾因夢見鯛魚被大人誇獎。在故鄉大海濃得陰暗的巨浪上，漂浮著飛船。仔細一看，原來是大鯛魚。鯛魚從海中跳起。而且鯛魚在空中漂浮靜止了很久。不只一尾。到處都有鯛魚從海浪中跳起。

「哇，好大的鯛魚。」銀平驚呼一聲就醒了。

「這是吉利的夢。是了不起的夢。銀平會飛黃騰達喔。」人們這麼說。

昨天，彌生給的繪本上就畫了飛船。銀平沒有見過真正的飛船。不過，那個年代還有飛船這種東西。如今大型飛機日漸發達，大概沒有飛船了。銀平的飛船和鯛魚夢如今已成往事。比起飛黃騰達，銀平其實是把這個夢當成能夠和彌生結婚的預兆。結果銀平並未飛黃騰達。就算沒有失去高中國語教師的職務，恐怕也無望飛黃騰達。他沒有夢中的大鯛魚那樣從茫茫人海跳起的力量，也沒有漂浮在別人頭頂上的力量。想必遲早都注定要沉入闇冥的海底，但是和久子燃起鬼火之後，幸福短暫，墮落卻很快。就像銀平警告久子的，洩漏給恩田的祕密彷彿變成復仇之鬼作亂，恩田的告發毫不留情。

後來銀平在教室盡量不看久子，但是視線自動移向恩田的座位，令他很頭痛。銀平也曾把恩田叫到校園一角，懇求她保守祕密，甚至威脅過她，但是恩田對銀平的憎惡與其說是正義感，出於直覺的懲惡感似乎更強烈。即使銀平強調愛情的可貴，

「老師很骯髒。」恩田冷不防說。

「妳才骯髒。聽了別人的祕密，卻把那個祕密洩漏出去，還有比這更骯髒的嗎？妳的肚子裡，有蛞蝓、蠍子、蜈蚣爬來爬去嗎？」

「我沒有洩漏給任何人。」

可是沒過多久，恩田就投書給校長和久子的父親。據說寄信人沒寫姓名，只寫了「蜈蚣寄」。

銀平只好在久子挑選的地點私會。久子的父親戰後買下的房子，按照以前的說法是郊外，而戰前的山手區豪宅燒毀後，那塊地一直沒處理，只有部分水泥圍牆雖然破損倒還留著。久子怕人看見，喜歡躲在那圍牆內和銀平見面。這個住宅區的火場遺跡也大致建造起或大或小的房子，已經沒什麼空地了，所以也沒有之前宛如廢墟的恐怖和危險，的確是可以暫時忘記他人目光的場所。雜草的高度也足以遮掩二人。還是女學生的久子在自己的老家舊址，想必也感到安心吧。

久子固然不方便寫信給銀平，銀平也無法寫信給她，更不可能打電話到家裡和學校或者託人傳話，和久子的聯絡管道等於完全被切斷了。他只能在空地的水泥圍牆內側用粉筆寫字，久子會來看。每次都是寫在高牆的牆角。有雜草遮掩不會被人發現。留言當然無法寫得太詳細。頂多只能寫下想見面的日期和時間這些數字，但至少悄悄扮演了留言板的功能。有時是久子留言，銀平來看。久子決定私會的時間，可以寄限時信或發電報，可是銀平要主動見面時，必須很早之前就在圍牆寫下日期和時間，看到久子同意的暗號才能確定。久子遭到監視，晚上很難出門。

銀平在計程車上第一次看到淺桃紅色和水藍色那天，就是久子約他見面。久子蹲在牆邊的草叢中等候。「從這個圍牆的高度，就能看出妳父親想必冷酷無情。牆頭一定還插了碎玻璃或釘子吧。」有一次銀平曾對久子這麼說，周圍新蓋的平房根本無法窺見牆內。只有一戶是西式雙層樓房，但或許是新樣式，房子低矮，就算從二樓探出身子，院子也有三分之一位於視線的死角。久子就是知道這點才靠在牆邊。大門似乎是木造，並未燒毀，但是土地沒有賣掉，所以應該也不會有好奇的人闖入。即使下午三點左右也能私會。

「啊，妳剛放學？」銀平說著，一手放在久子頭上，隨著他蹲下身，雙手也捧著蒼白的臉頰靠近。

「老師，沒時間了。我放學回家的時間都被算得好好的。」

「我知道。」

「我說有《平家物語》的課外講習，放學要留下來聽，但家裡還是不准。」

「是嗎？妳等很久了？腳麻不麻？」銀平把久子抱到膝上。久子在午後的陽光中羞澀地滑落。

「老師，這個……？」

「怎麼，原來是錢啊。妳哪來的錢？」

「我偷來給你的。」久子毋寧是兩眼發光。

「有二萬七千圓。」

「是妳父親的錢？」

「在我媽那裡找到的。」

「我不需要。這樣立刻會被發現，妳放回去吧。」
「如果被發現，在家放把火就行了。」
「妳又不是蔬果店的阿七[5]……哪有人為了二萬七千圓，就把價值千萬以上的房子燒掉。」
「這筆錢好像是我媽瞞著我爸偷藏的私房錢，所以她不敢聲張。我也是仔細動過腦筋之後才偷的。都已經拿出來了，再放回去才可怕。一定會嚇得發抖反而被發現。」
這已經不是銀平第一次收下久子偷的錢了。不是銀平出的主意，是久子自己想的。
「不過妳也別擔心老師。我還能混飯吃。某公司社長有田的祕書，是我學生時代的朋友，他有時會把社長的演講稿交給我代筆。」

5 阿七，江戶時代某蔬果店的女兒，為了見情人而縱火，最後被處以火刑。

「有田先生……？他叫做有田什麼？」
「有田音二，是個老人。」
「哎呀。那個人，是我這次就讀的學校的理事長……我爸就是委託有田先生，我才轉學的。」
「噢？」
「理事長在學校的致詞，都是桃井老師寫的？我都不知道。」
「人生就是這麼回事。」
「說得也是。漂亮的月亮出來，我會想老師也在看月亮，颳風下雨的日子，我會想老師的公寓不知怎樣了。」
「根據祕書的說法，那個有田老人似乎飽受奇怪的恐懼症折磨。祕書特別交代我，演講的草稿中盡量不要提到妻子或結婚這種字眼。因為是在女子高中演說，我覺得當然會寫到。有田理事長在演說途中，沒有發作類似恐懼症的症狀？」

「沒有。我沒注意到。」

「我想也是。畢竟是在公眾面前。」銀平自顧自地點頭。

「恐懼症發作是怎樣?」

「有很多種情形。我們或許也算是。要我發作一下給妳看嗎?」銀平說著,摸索著久子的胸部閉上眼,頓時浮現故鄉的麥田。農家騎馬沒掛馬鞍的女人經過麥田那頭的道路。女人脖子上圍著白手巾在胸前打結。

「老師,掐我脖子也行喔。我不想回家。」久子熱切地呢喃。銀平被一手抓著久子脖子的自己嚇到了。他加上另一隻手,用雙手測量久子的脖子。銀平的雙手卡進柔軟的皮肉中,十指指尖相觸。銀平把那包錢塞進久子胸口。久子倏然縮胸躲開。

「拿著錢回家吧……做這種事,妳或我,可能會犯罪。恩田不就把我當成罪犯告發了?聽說她還在信上寫著,像我這樣內心陰暗、喜歡說謊的人,以前一定做過很惡劣的事情……妳最近見過恩田嗎?」

「沒有。她也沒有寫信給我。我才不理那種人。」

銀平沉默片刻。久子攤開尼龍材質的包袱巾。反而感到泥土的冰冷。周遭的雜草散發青草味。

「老師，請繼續跟蹤我。不讓我發現地跟蹤我。最好還是放學的時候。這次我的學校比較遠。」

「然後，就在妳家氣派的大門前，假裝頭一次發現？從鐵門那頭露出羞紅的臉蛋瞪我？」

「不。這次我會請老師進來。我家很大所以絕不會被發現。就連我的房間，也有藏身的地方。」

銀平感到燃燒般的喜悅。之後還真的那樣做了。但是銀平被久子的家人發現了。

之後歲月再次讓久子遠離了銀平，不過即使被疑似牽狗少女情人的學生從堤防推落後，看著桃紅色晚霞，銀平還是不禁哀傷地呼喚「久子，久子」，就這樣回到公寓。堤防的高度約有身高的兩倍，所以肩膀和膝蓋都瘀血發紫了。

翌日傍晚，銀平忍不住又去有成排銀杏樹的坡道看少女。那個清純少女對銀平的跟蹤幾乎毫無所覺，因此銀平也覺得，應該不會造成任何妨害。就像對著飛過天空的大雁慨嘆。就像目送閃亮的時光流逝。銀平其實也過著明日命運未卜的日子，那個少女也不可能永遠美麗。

然而，銀平昨天向學生搭訕，已經被對方記住了，所以他不可能在銀杏樹坡道徘徊，更不可能待在學生等候少女的那個堤防。銀平決定躲在有行道樹的步道和昔日貴族豪宅之間的水溝。如果被警察懷疑，就說是喝醉酒掉下去，或是被暴徒推落弄傷腰腿就行了。裝醉似乎比較簡單，為了讓呼吸有酒味，銀平喝了幾杯才出門。

昨天就已知道水溝很深，不過實際走下去一看才發現，水溝不只深而且很寬。兩側是氣派的石壁，底部也鋪著石頭。石頭縫長著雜草，去年的落葉已腐朽。只要把身子貼著靠近步道這邊的石壁，應該就不會被走上筆直坡道的人發現。躲了二、三十分鐘後，銀平連石壁的石頭都想咬了。石頭之間綻放的香菫菜映入眼簾。銀平膝行靠過去，把香菫菜含到口中，用牙齒咬斷吞下肚。很難吞嚥。銀平忍住想嗚嗚哭泣的衝動。

昨天那個少女，今天也牽狗出現在坡道下。銀平張開雙手抓著石頭邊角，幾乎吸附在石頭上，緩緩把頭抬高。手不停顫抖，石頭似乎會崩塌，心跳敲打石頭。

少女穿著昨天的白毛衣，但是底下不是長褲，而是深紅色裙子，鞋子穿的也是好鞋。白色和深紅色在行道樹的嫩綠中浮現，逐漸接近。經過銀平的頭頂時，少女的手就在眼前。潔白的手從手腕到手肘變得更白。銀平從下方仰望少女清純的下巴，呻吟著閉上眼。

「出現了。出現了。」

昨天的學生正在堤防上等待。從位於坡道中段的溝底遠眺，走向堤防的兩人膝蓋以上，看似在青草之間浮動。銀平等待少女離去一直等到天黑，但少女並未經過坡道。八成是學生把昨天遇見可疑男人的事情告訴少女，避開了這條路吧。

之後，銀平屢屢徘徊銀杏行道樹的坡道，或是長時間躺在堤防的草地上。可是都沒看見少女。少女的幻影即使在夜晚，也會引誘銀平來到這個坡道。銀杏樹的嫩葉迅速變成茂密的青葉。月光在柏油路落下影子，頭上黑壓壓的行道樹，嚇唬著銀平。他想起昔日在裡日本的故鄉，夜晚大海的陰暗忽然讓他害怕、於是一路跑回家的情景。溝底傳來小貓的叫聲。銀平駐足窺看。看不見小貓，但隱約能看見箱子。箱子裡好像有東西隱約在動。

「原來如此，這倒是扔小貓的好地點。」

剛出生的奶貓，一窩全給裝進箱子扔掉了。不知總共有幾隻。牠們將會叫喊著飢餓死去。總覺得那些奶貓和自己一樣，銀平刻意傾聽奶貓的叫聲。但是那晚，少女並未在坡道出現。

從報紙上看到距離那坡道不遠的護城河，舉辦捕螢火蟲活動，是在六月初。就是出租小船的那個護城河。少女必定會來看螢火蟲。銀平如此相信。既然她牽狗出來散步，可見一定就住在附近。

母親村子的湖也是螢火蟲的知名景點。銀平被母親帶去，睡覺時把抓到的螢火蟲放進蚊帳裡。彌生也同樣這麼做。紙拉門是敞開的，他和隔壁房間蚊帳裡的彌生比賽誰的螢火蟲更多。螢火蟲飛來飛去所以很難計數。

「阿銀太狡猾了。每次都這麼狡猾。」彌生爬起來，揮舞拳頭。

最後她開始用拳頭敲打蚊帳，蚊帳搖晃，停在蚊帳上的螢火蟲飛起，但是因為沒打到，彌生的脾氣更壞了，每次揮舞拳頭時，膝蓋也跟著跳起。彌生穿著圓袖的短款浴衣，衣襬從膝蓋往上掀起。而且膝蓋似乎漸漸向前挪動，導致彌生的蚊帳腳朝銀平這邊以奇妙的形狀突出。彌生看起來就像蒙著青色蚊帳的妖怪。

「現在是彌生的螢火蟲比較多。妳看後面。」銀平說。彌生回頭，

「一定是我多。」

彌生的蚊帳晃動，蚊帳內的螢火蟲全都飛起發光，看起來較多的確是不爭的事實。

銀平至今仍記得，當時彌生穿的浴衣是藍底帶有大十字飛白花紋。但是和銀平同一個蚊帳的母親當時在做什麼？她對彌生的胡鬧什麼也沒說嗎？就算不提銀平的母親，彌生的母親和她一起睡，也沒有責罵彌生嗎？旁邊想必還有彌生年幼的弟弟。彌生以外的其他人，銀平完全沒印象。

銀平最近也不時看見母親村子的湖泊，夜裡出現閃電的幻影。那是幾乎照亮整個湖面、旋即消失的閃電。閃電消失後，岸邊有螢火蟲。岸邊的螢火蟲多少也像是幻影的續篇，但螢火蟲附帶出現多少有點奇怪。閃電多半是在螢火蟲出沒的夏天出現，所以或許的確會有這種螢火蟲附帶出現。就連銀平也沒把螢火蟲的幻影當成死於湖中的父親靈魂，但是夜晚的湖泊在閃電消失的瞬間的確很詭異。每次看到那幻影閃電，陸地上有廣闊深邃的湖水靜止，在夜空的光芒下倏然出現，銀平彷彿感到大自然的妖靈或時間的悲鳴，不禁一愣。銀平也知道，閃電照亮整個湖水，想必是幻影所為，現實中應該不可能發生。但是若被巨大閃電的閃光擊中，或許會覺得天空瞬間的光明照亮身邊世界的一切。就像碰觸初嘗情事、渾身僵硬的久子。

之後久子很快變得大膽，令銀平驚訝，或許也和被閃電擊中相似。銀平在久子的邀請下進入屋內，成功潛入久子的房間。

「原來如此，妳家好大。走的時候不知該往哪逃。」

「我會送老師出去。從窗戶出去也行。」

「可是，這裡是二樓吧。」銀平退縮，

「用我的腰帶之類綁在一起，就能當繩子。」

「妳家沒有狗吧？我討厭狗喔。」

「沒有狗。」

久子撇開那個不談，只是兩眼炯炯像要瞪銀平般看著他，

「我不可能和老師結婚吧。所以只要一天也好，我想和老師一起待在我的房間。每次都躲在草葉之下很討厭。」

「妳說草葉之下，或許只是意味著雜草的葉片下，但是現在一般都是用來指稱陰間、墳墓底下喔。」

「這樣啊。」久子沒有仔細聽。

「都已經被開除國語老師的教職了，這種事無所謂吧……」

然而，這個可怕的世間，對於有他這種教師在，怎樣都不可能無所謂，銀平被女學生住的西式房間那遠遠超乎想像的華美奢侈給震住了，就像被追緝的罪犯般萎縮。那和從久子這次的學校大門跟蹤到這家大門的銀平不同。如今，久子是明知他跟在後面也佯裝不知，而且久子已是銀平的女人，所以是精心設計的遊戲或把戲，不過，久子主動這樣要求，銀平還是很高興。

「老師。」久子緊握銀平的手。

「吃晚餐的時間到了，你等我喔。」

銀平把久子拉過來親吻。久子期盼吻得更久，全身的重量都壓在銀平的懷中。銀平必須支撐久子的身體，這稍微激勵了他。

「這段期間，老師，你要做什麼？」

「嗯？妳沒有相簿之類的東西？」

「沒有。相簿和日記本統統都沒有。」久子仰望銀平的眼睛，微微搖頭。

「妳的確從來沒有提過小時候的回憶。」

「我這人很無趣的。」

久子嘴唇也沒擦就走了，也不知她是用什麼表情和家人共進晚餐。銀平在牆壁內凹掛窗簾的背後，發現小小的洗手間，謹慎地打開水龍頭，仔細洗手，洗臉，漱口。很想把醜陋的腳也洗一洗，可是終究不好意思脫下襪子抬起腳，把腳伸進久子洗臉的地方。反正就算洗了，腳也不可能變漂亮，八成只會讓自己更深刻意識到醜陋。

久子如果沒有替銀平做三明治送來，這次私會或許還不會東窗事發。用銀托盤連全套咖啡杯組都送來，顯然太大膽了。

房門被連續敲響。久子當下或許已有覺悟，反而像要質問似的，

「媽……？」

「是我。」

「我有客人，媽，請不要開門。」

「是誰？」

「是老師。」久子用不大卻清亮的聲音，斬釘截鐵說。頓時，銀平彷彿沐浴瘋狂的幸福之火，倏然挺立。如果手上有槍，說不定已經從後方對著久子開槍了。子彈貫穿久子的胸口，射中門外的母親。久子倒向銀平，母親倒向另一邊。久子和母親隔著房門面對面，兩人都是仰身朝後方倒

下。但是久子倒下的同時，也漂亮地轉身向後，抱著銀平的小腿。久子傷口噴出的鮮血沿著銀平的小腿流下，打濕他的腳背，腳上發黑的厚皮倏然變得美麗如玫瑰花瓣，腳底心的皺紋拉平，變得像櫻貝一樣光滑，像猴子一樣長且骨節粗大、彎曲、細長的腳趾，也被久子的熱血洗滌，變得像假人模特兒的手指一樣形狀姣好。驀然間，他想到久子的鮮血不可能有那麼多，這才發現銀平自己的血也從胸部的傷口滴落。銀平彷彿被接引往生者的菩薩乘坐的五色祥雲籠罩，不由心神恍惚。然而這幸福的狂想也只在瞬間。

「久子拿去學校的香港腳藥膏，摻雜了女兒的血啊。」

銀平聽著久子父親的聲音，頓時驚愕縮身。那是幻聽。是異常冗長的幻聽。銀平回過神才發現，久子面對房門凜然站立的身影充斥眼中，他的恐懼消失了。門外悄然無聲。隔著門，銀平似可見到母親被女兒瞪視發抖的身影。就像被幼雛啄掉毛變得赤裸的雞。可憐的腳步聲逐漸遠離走廊。

久子大步走向房門，喀嚓一聲上鎖後，一手抓著門把，轉身面對銀平，無力地背靠房門，潸然落淚。

當然，緊接著母親之後，是父親粗重的腳步聲接近。門把被喀嗟喀嗟拉動著，

「喂，快開門。久子，妳還不開門。」

「好吧，我就見見妳父親。」銀平說。

「不要。」

「為什麼？除了見面別無選擇。」

「我不想讓老師看到我爸。」

「我不會動粗。也沒有帶手槍。」

「我就是不想讓老師看到。請從窗戶逃走吧。」

「從窗戶……？好，我的腳像猴子。」

「穿著鞋很危險喔。」

「我沒穿。」

久子從衣櫃取出兩三條腰帶用的裝飾布條，綁在一起。門外的父親越發暴怒。

「我馬上開門，請等一下。我不會殉情的……」

「妳說什麼？妳在說什麼傻話。」

但是父親似乎很錯愕，門外暫時安靜了。

把窗口垂落的腰帶裝飾布條一端纏繞在雙手手腕，久子一邊用力支撐銀平的重量，一邊繼續流淚，銀平稍微用鼻頭摩娑她的手指後，沿著腰帶輕盈降落。本來打算把嘴唇貼上去，但他面朝下方，所以碰到的是鼻頭。而且就算想在臉頰留個感謝和告別之吻，久子正躬身用膝蓋頂著窗下的牆壁，用力向後仰，掛在窗外的銀平也無法碰觸她。腳著地後，銀平帶著感動拉了兩下腰帶示意。拉第二次時那頭沒反應，腰帶輕飄飄掉落窗口燈光下。

「啊？要給我？那我拿走囉。」

銀平跑過院子的同時，揮起一隻手順利捲走了腰帶。轉頭朝後方一瞥，只見久子和看似父親的身影並肩站在銀平逃走的窗口，但是父親似乎已啞然。銀平像猴子那樣翻越有藤蔓花紋的鏤空鐵門。

那樣的久子，如今想必也已結婚了吧。

後來，銀平只有一次機會見到久子。在久子所謂的「草葉之下」，銀平當然頻繁前往久子舊家燒毀後的遺址，卻始終不見久子躲在草中等候，水泥牆內側也沒有久子寫下的留言。但是銀平不願放棄，即使在那裡的草葉枯萎、遍地積雪的冬天，還是不死心地頻頻前往查看，或許是那種精神太可怕，當春天的嫩草再次帶著淺綠色冒出時，他終於得以和久子重逢。

但久子和恩田信子在一起。久子後來必定也不時前來想找銀平，可惜緣慳一面吧，起初銀平心如小鹿亂撞地這麼想，但是看到久子滿面驚訝，完全看不出久候銀平的樣子，他這才知道久子是和恩田相約在此見面。和那個告密者恩田，在昔日二人的祕密場所，這是為什麼？銀平一時之間不敢輕易開口。

「老師。」

當久子這麼喊時，恩田像要打斷她，也強勢地說出同樣的話，

「老師。」

「玉木同學還在和這種人來往？」銀平朝恩田的頭上努動下巴。兩個少女坐在一張尼龍包袱巾上。

「桃井老師，今天是久子的畢業典禮。」恩田抬眼瞪著銀平，用某種宣言的口吻說。

「啊，畢業典禮……？這樣啊。」銀平不由被挑起興趣。

「老師，後來我一天都沒上過學。」久子傾訴。

「啊，這樣啊。」

銀平心頭一緊，但不知是因為在意仇敵恩田，還是以前當老師的職業

病發作，他說出意外的發言。

「這樣虧妳還能畢業。」

「有理事長幫忙打招呼，當然可以。」恩田回答。聽不出對久子是好意還是惡意。

「恩田，妳雖然是才女，但請妳閉嘴。」銀平對久子說，

「理事長在畢業典禮致詞了？」

「對。」

「我已經沒有替有田老人寫演講稿了。今天的致詞，和以前的調性不一樣吧？」

「很簡短。」

「你倆說這個做什麼？就算是偶然遇見，應該也有話要說吧？」恩田說。

「如果沒有妳在場，要說的話堆積如山。可是，我已經受夠教訓，不

想讓奸細聽見。妳如果對玉木同學有話說，就趕快說。」

「我不是奸細。只是想保護玉木同學，逃離骯髒的人。因為我的投書，玉木同學被迫轉學，也無法出席上課，但好歹逃過了老師的魔爪吧。對我來說，玉木同學很重要。不管老師怎麼對待我，我都會和老師對抗到底。玉木同學也恨老師吧。」

「好吧，該怎麼處置妳呢，不趕快滾開很危險喔。」

「我絕對不離開玉木同學身邊。是我和她約好在這裡碰面的，老師才該離開。」

「妳是負責監視的婢女嗎。」

「沒人委託我做這種事。很骯髒。」恩田扭頭不理他。

「久子，我們走吧。對這種骯髒的人，滿懷怨恨與憤怒，說聲永遠的告別吧。」

「喂，妳說我應該和玉木同學有話說，那些話我還沒說呢。妳先回去。」銀平輕蔑地摸摸恩田的頭頂。
「骯髒。」恩田甩頭。
「對呀。妳什麼時候洗的頭。趁著還沒有太臭太髒就要洗喔。否則任何男人都不會摸妳的頭。」
銀平對氣惱的恩田說。
「喂，妳還不滾嗎。我可是對女人也照樣拳打腳踢的無賴。」
「我是被人拳打腳踢也不怕的女孩。」
「很好。」銀平想拽恩田的手腕，一邊轉身對久子說，
「可以吧。」
久子似乎以眼神同意了。銀平趁勢把恩田拽走。
「不要，不要，你想幹什麼。」
恩田的手在空中亂揮，試圖咬銀平的手。
「咦，妳要親吻骯髒的臭男人的手？」

「我咬死你！」恩田大叫卻未真的咬下。

從燒毀的大門遺跡一走到馬路上就有旁人注視，因此恩田站直身子走路。銀平沒有鬆開她那隻手腕。攔下空車。

「這是蹺家的女孩。交給你了。她的家人正在大森車站前等候。請你開快一點。」他隨口瞎掰後，摟著恩田硬是把她塞進車，把口袋的千圓鈔票朝駕駛座扔去。車子絕塵而去。

銀平回到圍牆內，看到久子依然坐在包袱巾上。

「我說她是蹺家女孩，把她塞進車裡了。車子會開到大森。花了我一千塊。」

「恩田同學為了報仇，一定又會寫信來我家告狀。」

「又要署名『蜈蚣寄』……嗎？」

「不過，也可能不會那樣做。恩田同學想上大學，她是來勸我也去。她說要當我的家教，讓我爸替她出學費。因為恩田同學的家境不好……」

「你們是為了這件事才在這裡見面？」

「是的。打從正月起，她就一再寫信來要求見面，我不希望她來我家，回信說我會去參加畢業典禮。所以恩田同學在校門口等我。不過，我本來也一直想來這裡。」

「從那次之後，我不知來過這裡多少次。就連積雪的日子也是……」久子露出可愛的酒窩點點頭。如果只看這個少女，誰會想到她和銀平有過那種事。就連銀平自身恐怕也看不出任何「魔爪」的痕跡吧。久子說。

「我就在猜想老師八成會來。」

「即使街上的雪融了，這裡的雪依然殘留。因為圍牆高……而且人們鏟去路上的積雪後，似乎都扔進這裡。門內堆起了雪山。那在我看來也彷彿是我倆的愛情障礙。我覺得雪山下好像埋著嬰兒。」最後銀平說出奇怪的囈語，隨即驚覺就此噤口，但久子睜著清澈的雙眼點點頭。銀平慌忙改變話題。

「所以妳要和恩田一起上大學？唸什麼科系……？」

「女人去上什麼大學，沒意思……」久子若無其事地回答。

「那次用的腰帶繩，我還珍藏著。是給我留作紀念的吧？」

「只是一時放鬆心神，不小心鬆手。」她同樣若無其事地回答。

「被妳父親臭罵一頓？」

「他們不准我單獨出門。」

「我不知道妳連學校也不去了。要是早知如此，我就趁著夜色，偷偷從那窗子潛入。」

「有時，我半夜也會從那窗口望著院子。」久子說，但是禁止單獨出門的歲月，似乎已經讓久子變回清純少女，銀平彷彿喪失了了解這個少女不為人知的心理並精準掌握的直覺，不禁垂頭喪氣。也沒有契機跨出一步。但是，銀平在恩田離開後的包袱巾另一側坐下，久子也沒有閃避之意。久子穿著深藍色嶄新連身裙，領口的蕾絲綴飾很美。大概是為了畢業典禮盛裝打扮。或許還精心化了銀平看不出來的最近流行的裸妝。隱約有點香氣。銀平輕輕把手搭在久子的肩上。

「找個地方去吧。我倆一起逃得遠遠的。去冷清的湖畔，如何？」

「老師，我已經決定再也不見老師了。今天在此相遇，雖然很高興，但是請老師當作這是最後一面。」久子的語氣不像抗拒，毋寧是冷靜的傾訴。

「如果實在非見老師不可時，不管用什麼方法我都會去找老師。」

「可我會墜落這人間最底層喔。」

「就算老師在上野的地下道我也會去。」

「現在就去吧。」

「現在不能去。」

「為什麼？」

「老師，我受了傷，尚未恢復。恢復清醒後，如果還眷戀老師的話我就會去。」

「嗯哼……？」

銀平感到連腳都開始發麻。

「我完全明白了。妳最好不要下來我的世界。被我引出來的東西，還是封印在心底吧。否則，會很可怕喔。我會從與妳不同的世界，一輩子溫存與妳的回憶，心懷感謝。」

「如果能忘了老師，我會試著遺忘。」

「是嗎，那最好。」銀平雖然強硬地這麼說，卻有點刺痛的傷感。

「不過，今天……」聲音顫抖。

久子意外地點頭同意了。

但在車內久子仍然保持沉默。之後一臉若無其事，臉頰微紅，始終緊閉雙眼。

「睜開眼看看。有惡魔。」

久子睜大雙眼，但不像是看惡魔。

「我會想妳的。」銀平說，把久子的睫毛含在嘴裡。

「記得嗎？」

「記得。」久子空虛的呢喃吹過銀平的耳朵。

之後銀平再也沒有見過久子。他數次徘徊那個火場舊址。不知幾時，大門的地方被人圍起木板牆。雜草被剷除，地面整平，一年半或兩年後，開始施工。似乎是小房子，所以應該不是久子父親要住的地方。八成是賣給誰了吧。銀平聽著木匠熟練的刨木聲，閉著眼默默佇立。

「再見。」他對遠方的久子說。他只盼自己和久子在此地的回憶，能夠讓建造新屋搬進來住的人得到幸福。刨木的聲音，就那樣在銀平的腦中愉悅地響起。

銀平已不再來這個似乎轉賣給他人的「草葉之下」。自然也不可能知道，其實是久子結婚，搬來這裡當作新居。

說來可怕，銀平竟然深信他的「那個少女」，一定會來出租小船的護城河參加捕螢活動，這是第三次相遇。

捕螢活動為期五天，銀平沒有弄錯町枝會來的那晚。這想必是因為銀平連著幾天都去了，但那篇捕螢活動的報導刊登在報紙時，捕螢活動早已開始兩天了，如果少女也是看到晚報才來的，或許不能說銀平的直覺真有那麼準確。不過，銀平把那份晚報放進口袋出門，見到少女時的綺思早已溢滿心頭。少女那雙丹鳳眼的神采，恐怕沒有言詞能夠形容，銀平只能把雙手的大拇指和食指放在自己的眼睛上方，像要描繪清新的小魚生動的形狀，走路的同時不斷重複那個動作。他聽見天上的舞曲。

「下輩子我也要做個有美麗雙腳的年輕人。妳保持現在這樣就好。到時候我倆一起跳白色芭蕾[6]吧。」銀平的憧憬令他如此自言自語。少女的衣裳是古典芭蕾的白色。裙襬飄飄翩然飛舞。

「這世上怎麼會有這麼美麗的少女。如果家世不好，絕對塑造不出那樣的少女。而且那種美頂多只到十六、七歲吧。」

銀平覺得那個少女青春綻放的時期短暫。即將綻放的花苞有種高貴的氣息，可惜現在的少女們已沾滿學生這種塵埃。那個少女的美是被什麼洗滌，因何而從內在發光呢？

「螢火蟲從八點開始放。」船屋也有貼出這樣的公告，東京的六月在七點半左右天黑，在那之前銀平走到護城河橋頭又折返。

「要搭小船的人，請拿號碼牌等候。」擴音器不斷重複這樣廣播。捕螢活動非常熱鬧，簡直像是租船業者的攬客活動。螢火蟲還沒放，所以橋

6 白色芭蕾，古典芭蕾中女舞者穿白色舞衣跳的作品及場景，亦指最純粹正統的芭蕾形式。

上的人群，要不就看上下船的人，要不就只能看著滑過水上的小船乾瞪眼，唯獨正在等候少女的銀平興沖沖的，小船和人群都沒放在眼裡。

他也去了兩次銀杏樹坡道。銀平想再次躲進那邊的水溝，或者該說，想起上次的躲藏，他扶著石壁稍微蹲身。但是捕螢活動的傍晚，這條坡道也有人來來往往。聽到腳步聲，銀平匆忙下坡。腳步聲之後又有腳步聲，但他不敢回頭。

來到坡下的十字路口，望著捕螢活動的喧嚷，橋那頭的城市街燈如今照亮低矮的天空，車頭燈也在路上搖曳而過，銀平興奮地等著那一刻即將來臨，卻又不知怎地沒有拐向護城河那邊，反而筆直走到對岸。那是住宅區。跟在銀平後面的腳步聲，當然拐向捕螢活動那邊了。不過，那個腳步聲彷彿在銀平的背上貼了一張黑紙，銀平把手繞到背後。漆黑的紙上印著紅色箭頭。箭頭指向捕螢活動的方向。銀平掙扎著想取下背後的紙，手卻碰不到。手臂很痛。關節喀喀響。

「你不去背後箭頭的方向？我幫你拿下箭頭。」

女人溫柔的聲音，令銀平轉身。後方沒有任何人走來。只有從住宅區前往捕螢活動的人們，朝著銀平走來。原來是收音機的女聲。似乎是廣播劇，當然不可能說出銀平聽到的那種話。

「謝謝。」銀平對幻想的聲音揮手，輕盈前行。他覺得人心總有片刻似乎是可以原諒的。

橋畔擺出賣螢火蟲的攤子。一隻五圓，籠子四十圓。護城河上方沒有螢火蟲飛舞。銀平來到橋中央後，終於察覺，水中略高的瞭望台上有個巨大的螢火蟲籠。

「放蟲，放蟲，快放蟲。」

孩童頻頻叫喊，放出瞭望台上的螢火蟲，就是這裡的捕螢活動。

兩三個男人爬上台子。台子的下方重重圍繞小船。也有人拿著捕蟲網和竹枝坐在船上。橋上和岸上的人潮中，也豎立著網子和竹枝。附帶很長的握柄。

過橋後也能看見賣螢火蟲的。

「對面那是岡山產的，我這邊是甲州產的。對面的螢火蟲很迷你。很瘦小。螢火蟲完全不一樣。」銀平聽到小販這樣說，於是走近。這邊的螢火蟲一隻十圓，是對面的兩倍，一個籠子裝七隻，要價一百圓。

「給我裝十隻大隻的。」銀平遞出兩百圓。

「都很大隻喔。七隻之外再加十隻？」

賣螢火蟲的男人把手臂伸進大布袋，潮濕的布袋內側有暗光在呼吸。男人一次抓出一兩隻螢火蟲，分批移入筒型的籠子。籠子雖小，銀平卻看不出裡面裝了十七隻螢火蟲，把籠子舉到臉前，賣螢火蟲的男人呼地吹了一口氣。籠中螢火蟲一齊發光，男人的唾液噴到銀平的臉上。

「如果不再放十隻進去，太冷清了。」

賣螢火蟲的男人又數了十隻裝進去時，響起孩童的歡呼，銀平被濺了一身水花。從台子上灑向空中的螢火蟲，猶如即將消逝的煙火，無力地墜落。落到接近水面時，有些螢火蟲終於向旁邊飛起，卻被船上的客人用網子或竹枝捉住。螢火蟲加起來大概還不到十隻。爭奪螢火蟲時，網子和竹枝都泡了水，一陣大亂。本就濕掉的竹枝甩動時，水花也灑落岸上的人們身上。

「今年的螢火蟲，天氣太冷飛不動。」有人這麼說。看來這是每年例行的活動。

本以為會繼續放螢火蟲，結果並沒有。

「螢火蟲會放到九點左右。」對岸的船屋前這樣廣播，但是台子上的兩三個男人沒有動。看熱鬧的人群悄悄等待，響起對螢火蟲不大在意的貓頭鷹聲音。

「要是早點放螢火蟲就好了。」

「不會輕易放出來的啦。一放不就沒得玩了。」

成年人在議論。銀平拎著裝有二十七隻螢火蟲的蟲籠，對於螢火蟲已經心滿意足，所以為了避免又被水花噴濺，他從水邊向後退，倚靠派出所前的樹木。離開人牆後更容易監視橋上。而且派出所的年輕巡警溫和圓滿的臉孔，幾乎是心無雜念地面對護城河，銀平在他身旁感到奇妙的安心。只要待在這裡，應該就不會錯過少女。

之後，台子上不斷放出螢火蟲。說是不斷，也只是男人手心裡聚攏大約十隻扔出來，不知是不好抓，還是為了不冷場，人群的喧嚷聲一波比一波高。銀平和巡警都無法再悠哉地待著。大部分螢火蟲皆如垂柳墜落並未飛遠，偶爾有螢火蟲高高飛去，也有螢火蟲朝著橋飛來。橋上的男女老幼，當然統統擠到靠近台子的那一側欄杆。銀平走在那後方搜尋。站在欄杆外拿著捕蟲網的孩童也不少。虧他們居然沒有掉下去。

人潮湧來，嚷嚷著要捕捉的螢火蟲，原來飛得如此無力嗎，銀平試圖回想昔日在母親村子的湖畔看到的螢火蟲。

「喂，停在頭髮上喔。」

橋上的男人對著台子下方的小船叫喊。頭髮停著螢火蟲的女孩還沒察覺是在說自己。搭乘同一艘船的男人捉下那隻螢火蟲。

銀平找到那個少女了。

少女正把雙臂搭在橋欄杆上俯視河面。她穿著白色棉質洋裝。少女的身後也有重重人牆，人與人之間，只露出少女的肩膀和半邊臉，但是銀平不可能認錯人。銀平退後兩三步後，慢吞吞地躡足走過去。少女的注意力都被螢火蟲的台子吸引，完全無意回頭。

銀平猜她應該不是隻身前來，目光停駐在少女左邊的青年身上，頓時心頭一痛。是不同的男人。就算只看背影也知道，並不是上次在河堤上等候牽狗少女，把銀平推落河堤的男學生。青年穿著白襯衫，沒戴帽也沒穿外套，看起來同樣是個學生。

「上次一別，才過短短兩個月。」對於少女變心的速度之快，銀平就像踩到花似的驚愕。少女的情意，即使與銀平對少女的仰慕相比，也未免太虛無不定了。雖然相偕來看捕螢也不一定是情侶，但銀平感到，少女和那個情人之間出了什麼事。

銀平鑽進少女旁邊的第二人和第三人之間，抓著欄杆豎起耳朵。還在繼續放螢火蟲。

「好想抓幾隻螢火蟲給水野。」少女說。

「螢火蟲陰森森的，不適合送給病人。」學生說。

「失眠的時候看看螢火蟲應該不錯吧。」

「會更寂寞喔。」

銀平恍然大悟，原來兩個月前的那個學生生病了。如果把臉伸到欄杆前，他怕會被少女發現，因此只敢躲在後方眺望少女的側臉。少女綁得稍高的頭髮，從那綁起之處至髮尾，美麗地梳攏形成徐緩的波浪。上次在銀杏樹坡道，她的頭髮似乎綁得更隨意。

橋上沒有燈光，略顯昏暗，和少女同行的學生，似乎比上次那個學生軟弱。無疑只是普通朋友。

「下次如果去探病，你會提起捕螢活動嗎？」

「今晚的事……？」學生反問自己，

「如果我去，能夠聊到町枝小姐，水野會很高興。如果說我倆一起去看了捕螢活動，水野大概會想像螢火蟲滿天飛吧。」

「我還是想送他螢火蟲。」

學生沒有回答。

「我連探病也不能去，很痛苦。水木你幫忙多跟他說說我的事。」

「我每次都在說妳喔。水野也很清楚這點。」

「你姊姊上次帶我們去看上野的夜櫻時，曾經說我看起來很幸福，其實我並不幸福。」

「如果聽說妳不幸福，我姊一定會很驚訝。」

「那就讓她驚訝一下……？」

「嗯。」

學生驀然笑了，像要閃避什麼似地說，

「後來我也沒見過我姊。就讓她以為有人生來就幸福又有什麼不好。」

銀平一眼就看穿這個叫做水木的學生，也在暗戀這個町枝。而且，銀平有預感，那個叫做水野的學生即使病情好轉，他與町枝的戀情八成也會破滅。

銀平離開欄杆，躡足走近町枝身後。洋裝的棉布似乎很厚。他把螢火蟲籠的鑰匙型鐵絲，悄悄掛在町枝的腰帶上。町枝毫無所覺。銀平走到橋邊，轉身停下腳步看著町枝腰部朦朧發光的螢火蟲籠。

不知幾時，腰帶掛了一個螢火蟲籠，少女發現時會做何反應呢？就算銀平回到橋中央混在人群中窺探，也犯不著像拿剃刀的刀片割少女柳腰的犯人那樣畏縮，他邁開步子離開橋。這個少女，讓銀平此刻發現了意志軟弱的自己。或許不是發現，而是和意志軟弱的自己重逢。他對這樣自我辯解的說詞點點頭，朝著和橋梁反方向的銀杏行道樹坡道默默走去。

「哇，好大的螢火蟲。」

銀平看著天上的星星，以為是螢火蟲，絲毫不覺得奇怪。毋寧是滿懷感動，又說了一次「好大的螢火蟲」。

銀杏樹的葉片開始傳來雨聲。雨滴非常大顆、非常稀疏，許是半途化為水滴的冰雹，雨聲聽來就像屋簷滴滴答答落下的雨滴。平地不可能下這種雨，是在某個高原的闊葉樹林露營的晚上會聽到的那種雨。就算是高原，夜間露水滴落的聲音也不可能這麼多。但是銀平沒爬過高山，也沒有在高原露營過，若說是哪來的幻聽，當然，應該是母親故鄉的湖岸吧。

「那個村子算不上高地。這樣的雨聲，這是第一次聽到。」

「不，的確在哪聽過這種雨聲。也許是深邃密林的——即將停止的雨。是累積在樹葉的雨滴紛紛滴落，比天空落下的雨水更多時的聲音。」

「彌生，被這雨淋濕會冷喔。」

「嗯，町枝這個少女的情人，或許就是去高原露營，被這種雨淋濕，因此生病的。那個叫做水野的學生內心的怨恨，使得這成排銀杏樹傳來幽靈雨聲。」銀平如自問自答，連沒下的雨都能聽見，所以很自由。

銀平今天在橋上，終於知道了少女的名字。如果昨天，町枝或銀平先死了，銀平恐怕永遠不可能知道那個名字。光是知道町枝這個名字，照理說就緣分不淺了，但銀平為何遠離町枝待的橋上，反而爬上町枝不可能出現的坡道？不過，就算是去舉辦捕螢活動的護城河途中，銀平也忍不住來過這坡道兩次。看到町枝之後不可能不走這條坡道。留在橋上的少女，幻影正走在這排銀杏樹下。她拎著螢火蟲籠要去探望生病的情人。

銀平只是想這麼做，並沒有任何目的，但是把螢火蟲籠掛在少女的腰帶上，彷彿自己的心在少女身上亮起火光，跟在後面應該會感傷地看著吧。但少女想把螢火蟲送給病人。銀平倒像是為此才悄悄把螢火蟲籠送給少女。

白洋裝的腰帶掛著螢火蟲籠，走上銀杏樹坡道要去探望情人的虛幻少女身上，落下虛幻的雨，

「哼，就算是幽魂也太平凡了。」銀平雖然這樣自我嘲弄，可町枝如果現在仍在橋上和那個學生水木在一起，就也得在這條陰暗的坡道和銀平在一起。

銀平一路走到河堤。正想爬上河堤，一隻腳卻抽筋，他抓住青草。青草有點濕。那隻腳沒有痛到必須用爬的，但他還是爬行上去。

「喂。」銀平呼喚，站起來。銀平爬行的地面下方，嬰兒跟著銀平爬。就像在鏡面上爬行，銀平與地面下方的嬰兒幾乎掌心相貼。那是冰冷的死人手掌。銀平慌了，想起某溫泉區的妓院。妓院浴池的底部做成鏡面。爬上河堤一看，銀平第一次跟蹤町枝那天，就是在這裡被她的男友水

野罵了一聲「混蛋」推下去。

町枝曾在河堤對水野說，看到對面有五一勞動節遊行隊伍的紅旗經過的那條電車道，此刻銀平目送一輛都營電車緩緩駛過。電車的窗口燈光，在行道樹夜晚的樹叢中移動。銀平一直看著。河堤上連虛幻的雨聲都沒有。

「混蛋！」這麼吶喊後，銀平滾落河堤。自己滾不大靈活。落到柏油路面時，一手抓著河堤的青草。他爬起來，聞著那隻手的味道，走過河堤下方的道路。總覺得嬰兒也在河堤的土中，跟著銀平走來。

銀平的孩子不僅下落不明，甚至不知生死，那是銀平人生的不安之一。孩子如果還活著，總有一天一定會遇見。銀平堅信。但那究竟是自己的孩子，還是其他男人的孩子，銀平並不確定。

學生時代的銀平住的民宿門口，某個傍晚，出現棄嬰，附帶一封信說是銀平先生的孩子。那家的主婦大呼小叫，但銀平不怎麼心慌，也不羞愧。一個已注定即將上戰場的學生，不可能收養意外出現的棄嬰。更何況對方是妓女。

「這是故意找麻煩，大嬸。因為我跑了，所以對方想報復我。」

「小孩都有了，桃井先生，你卻逃跑了？」

「不，不是那樣。」

「那你在逃避什麼？」

他沒回答這個問題，

「把嬰兒還給對方就行了。」銀平俯視民宿的主婦抱在膝上的嬰兒，

「請幫我看一下孩子。我去喊共犯來。」

「共犯？什麼共犯……？桃井先生，你該不會丟下嬰兒，就此逃走吧。」

「我不想一個人去歸還。」

「啊？」主婦狐疑地跟著銀平到玄關。

銀平把狐朋狗友西村找來。但是嬰兒由銀平抱著。拋棄孩子的是銀平

的對象，所以沒辦法。把嬰兒抱在大衣內，再扣上鈕釦就綳得很緊。在電車上，嬰兒當然哭了，但乘客們對於大學生的奇妙打扮，毋寧抱著善意地笑了。銀平也耍寶地露出難為情的笑容，讓嬰兒的腦袋從大衣領口探出來。這時，銀平似乎只能低下頭，只好一直盯著嬰兒的腦袋。

東京這時已遭受過第一次大空襲，是老街慘遭祝融之後。沒有成排的妓院，所以銀平他們沒被發現就把嬰兒放在小巷的房子後門口，痛快地逃走了。

對於從這家痛快逃走，銀平和西村有共犯的經驗。戰時為了所謂的義務勞動，學生都有做工用的破舊襪套鞋和帆布運動鞋。他們是扔下那個逃出妓院的。雖然沒有錢，但逃走很痛快。就像是逃脫自己的恥辱。那是鞋子骯髒破損的義務勞動，在那種情況下，銀平與西村別有意味地使眼色。想起扔棄破鞋的地點，至少很開心。

儘管逃走了，還是收到妓院來函要求出面。不只是為了催討費用。即將上戰場的銀平二人，連需要隱瞞姓名住址的未來都沒有。以學徒身分上戰場的學生們是英雄。公娼和得到公認的私娼，大多被徵調和義務勞動去了，銀平去玩的大概是暗娼。妓院的組織和紀律都很鬆散，或許反倒有種打破常規的人情。銀平二人壓根沒想過害怕戰時的嚴罰，也沒考慮和平日不同低聲下氣的對方。銀平二人想必也已精神墮落，才會把痛快的逃走當成年輕的冒險，自以為會得到對方原諒吧。逃走累積了三、四次，最後一逃再逃，已經成了這種習慣。

嬰兒也扔在小巷的房子不管，所以最後的逃走又多了一項罪狀。當時是三月中旬，翌日午後下起的雪，在入夜後形成積雪。嬰兒應該不可能一直被扔在巷子裡活活凍死。

「幸好是昨晚呢。」

「幸好是昨晚。」

銀平如此說著，在雪中徒步走到西村的住宿處。妓院那邊毫無音信。

嬰兒也不知下落。

不過，最後一次痛快逃走後，已有七、八個月沒有去巷子裡那家，不知是否仍和當初棄置嬰兒時一樣。察覺這個疑問時，銀平已上了戰場。就算妓院依然如前，銀平的對象，也就是嬰兒的母親，不知是否還在那家。暗娼懷孕生產後還會待在妓院嗎？從她生下孩子看來，顯然可以通融人情，足以打破那種娼妓生活的秩序，在那樣夾雜異常緊張和麻痺的動盪歲月中，妓院不見得會不照顧產婦，不過恐怕還真沒有。

被銀平拋棄之後，那孩子或許才真正成為棄嬰吧。

西村戰死了。銀平僥倖生還，幸運地成為學校教師。

疲憊地徘徊在昔日妓院那一區的焚毀舊址，

「喂，別胡鬧了。」銀平被自己大聲的自言自語嚇了一跳。他是在對那個妓女說。那不是妓女自己的孩子，也不是銀平的孩子。她借用哪個夥伴不要的孩子，扔在銀平住的民宿門口。八成是偶然撞見他在那裡，或是跟蹤他到住處。

「能夠問問孩子長得像不像我的西村也不在了。」銀平再次自言自語。

那孩子是女孩，但是令銀平苦惱的那個嬰兒幻影，不可思議的是竟然性別不明。而且多半已經死了。但是精神正常時的銀平總覺得那孩子活著。

幼兒用圓圓的小拳頭使勁打銀平的額頭，當父親低頭，好像曾不停打他的頭，那是什麼時候的事呢？那也是銀平的幻想，現實中並不存在。如果活著，現在已經不是那樣的幼兒了，所以今後也不可能出現。

捕螢活動的那晚，跟著走過河堤下方道路的銀平，從河堤的土中走來的孩子，還是嬰兒。而且同樣性別不明。就算是嬰兒，怎會連是男是女都不確定，察覺這點才發現，那似乎是臉上沒有五官的妖怪。

「是女的，是女的。」銀平咕噥著小跑步，來到成排商店的明亮街頭。

「香菸，我要買香菸。」

轉角數來第二家的店門前，銀平氣喘吁吁地喊道。白髮老太太出來招呼。老太太年紀雖大，但性別確定。銀平鬆了一口氣。不過，町枝已然遠去消失無蹤。要相信世上有那樣的少女，甚至需要某種努力。

彷彿變得空洞輕盈，彷彿變得虛無，銀平想起睽違許久的家鄉。比起橫死的父親，他更常想起美貌的母親。但比起母親的美麗，還是父親的醜陋更清晰鏤刻心扉。就像是比起彌生漂亮的雙腳，更清楚看見自己醜陋的雙腳。

在湖岸想摘野生的羊奶果時，彌生的小指被刺傷冒出血珠，彌生吸著小指的血珠說，

「銀平，你為什麼不幫我摘羊奶果？你那雙腳跟猴子似的，和你爸一模一樣。不是我家的血統。」彌生翻白眼瞪視銀平。銀平為了發洩幾乎瘋

狂的不甘，很想把彌生的腳推進棘刺叢中，但是腳碰不得，只好露出牙齒像要咬彌生的手腕。

「看，你的臉像猴子。吱吱叫。」彌生也露出牙齒。

嬰兒在河堤的土中跟著銀平走來，無疑也是因為銀平的腳醜得像野獸。

那個棄嬰的腳，銀平沒有檢查過。因為他不想刻骨銘心地認為那是自己的孩子。如果檢查之後發現腳的形狀相似，那會成為是自己骨肉的鐵證，銀平自虐自嘲地這麼想，但是嬰兒尚未踩過人間的腳不都是柔嫩可愛的嗎？西洋宗教畫中在神祇周遭飛翔的小天使，就有那樣的小腳丫。踩著這世間的泥沼、崎嶇岩石和針山的過程中，自然會變成銀平這樣的腳。

「不過如果是鬼魂，那孩子應該沒有腳喔。」他嘀咕。鬼魂沒有腳這種說法，表示有人見過嗎？銀平覺得打從以前自己的夥伴似乎就很多。就銀平自己的腳看來，或許已經沒踩在這世間的土地上。

銀平把一隻手的掌心向上半握成圓形，彷彿要承接從天而降的珠玉，徘徊在燈火通明的街頭。這世上最美的山不是蒼翠的高山。是被火山岩和火山灰弄得崎嶇猙獰的高山。在早晚陽光的渲染下，看起來可以是任何顏色。有時是桃紅色，有時是紫色。和朝霞暮雲的天色變化相同。銀平不得不反叛暗戀町枝的那個自己。

「就算老師在上野的地下道我也會去。」想起久子這句不知是預言式的愛情誓言還是分手宣言，銀平很好奇那個地下道現在變成怎樣了，於是現身上野。

這裡果然不知該說是沒落還是遠離塵囂，只有看似常客的遊民在地下道的一側排成一排，或躺或蜷縮。也有人把撿紙屑用的那種背簍當枕頭，在地上鋪著裝木炭用的袋子或草蓆，擁有大包袱巾的似乎還算是混得比較好的，看起來就是自古以來的普通遊民。對於路人毫不關心。沒人抬眼或投以注視。也不覺得有人看自己。現在就已睡著的人早睡得令人羨慕。只見一對年輕夫婦，女的枕著男人大腿，男人趴在女人背上，睡得很安詳。夫妻一體的圓滿睡姿，就算在夜車上模仿都做不到如此完美。感覺就像成對的小鳥把腦袋埋在對方的羽毛下入眠。看起來大概三十歲出頭。夫妻檔遊民很少見，因此銀平不禁駐足旁觀。

潮濕的地下道氣息中，也摻雜串烤和關東煮的氣味。銀平鑽進彷彿走下水泥洞穴的門簾，在店內喝了兩三杯燒酒。腳後出現碎花圖案的裙子，掀起門帘一看，站著男娼。

即使面對面，男娼照樣對他拋來難以形容的媚眼。銀平逃了。並不痛快。

探頭一看上面的候車室，這裡也充斥遊民的氣味。入口站著站務員，「麻煩給我看車票。」他對銀平說。進候車室還要有車票，這倒是稀奇。候車室的牆外，只見貌似遊民的人或者茫然佇立，或者蹲著靠牆。

走出車站的銀平一邊思考男娼的性別，一邊迷失在巷弄之間，最後遇上一個穿雨鞋的女人。有點骯髒的白襯衫搭配褪色的黑長褲。一半是男裝。似乎洗到縮水的襯衫胸部平坦。蠟黃的臉孔曬得很黑，也沒化妝。銀平轉身。之前擦身而過時就別有企圖的女人，這時靠近銀平。她跟來了。跟蹤過女人的銀平，被女人這麼跟著，就好像背後有眼睛。背後的眼睛越來越鮮活。然而，女人是為了什麼跟蹤他，饒是銀平背後的眼睛也不明白。

起初銀平跟蹤玉木久子，從鐵門前逃走，一路來到附近的鬧區時，按照阻街女郎的說詞，是「不算是跟蹤」的跟蹤方式，但是現在這個女人就外表看來並非妓女。她的雨鞋也沾了泥土。而且泥土不是濕的，倒像是幾天前或者以前沾上的始終沒有擦乾淨。雨鞋本身也發白磨損很舊了。又沒有下雨，上野這一帶會有女人穿雨鞋走在街上嗎？是腳有殘疾？腳很醜？穿長褲也是因為這個原因？

銀平的眼前浮現自己醜陋的雙腳，繼而想到女人醜陋的腳在後面跟著自己，連忙停下腳步，想讓女人先走。但女人也站住了。雙方似要質疑的眼神相撞。

「找我有事嗎？」女人先開口。

「這話該我問妳才對。不是妳一路跟著我嗎？」

「是因為你對我使眼色。」

「使眼色的是妳。」銀平說著，思忖之前和女人擦身而過時，是否真的有什麼舉動令對方以為收到暗示，但想來想去，分明是女人在暗示他才對。

「我是覺得女人這樣穿著很少見，所以才多看了一眼而已。」

「這一點也不少見吧。」

「那妳是怎樣，人家對妳使個眼色妳就立刻跟來？」

「我是覺得你這人令人有點好奇。」

「妳自己又算什麼。」

「什麼也不是。」

「妳一路跟著我，應該有什麼目的吧……？」

「我沒有跟著你，好啦，我只是跟來試試看。」

「哼。」銀平再次審視女人。連口紅也沒塗的唇色難看發黑，露出鑲的金牙。年紀不大看得出來，不過應該快四十吧。單眼皮的眼睛，發出像男人一樣無情犀利的暗光。似乎把人當成獵物。而且一隻眼睛格外小。曬黑的臉皮僵硬粗糙。銀平感到某種危險，

「那就一起走一段吧。」說著順勢舉起手，輕觸女人的胸脯。的確是女人。

「你幹什麼。」女人抓住銀平的手。女人的手心很軟。不像是做工的人。

要確認一個人是不是女的，對銀平來說也是頭一次經驗。雖然好像確定是女的了，但是經過自己親手確認是女的，讓銀平奇妙地安心，甚至有

種親密感。
「總之，一起走一段吧。」他再次說。
「走一段是走到哪裡？」
「這一帶沒有可以輕鬆喝一杯的酒館嗎。」
銀平又折返燈火通明的街上，想找找看有沒有哪家店可以帶裝扮異樣的女人去。他走進看似賣關東煮的店。女人跟來了。關東煮的鍋子周圍有ㄇ字形的位子，旁邊也有桌椅。ㄇ字形那邊坐了很多客人，所以銀平在靠近門口的桌前坐下。從敞開的入口布簾下，可以看見路過行人的胸部以下。
「喝清酒還是啤酒？」銀平說。
銀平不打算對這個骨架像男人的女人怎樣。他知道已經沒有危險，也沒有目的，所以很輕鬆。要喝清酒還是啤酒都隨對方。
「我喝清酒。」女人回答。
除了關東煮似乎也有簡單的料理，牆上貼滿成排菜單。點菜也交給女人決定。從女人的大膽無賴，銀平也猜想過會不會是妓院拉皮條的人。若真是如此就不難理解了。但銀平沒有說出口。女人或許覺得銀平看起來有點危險，所以才沒有找他拉客。也可能是對銀平感到某種親近感才跟來的。總之，女人似乎已經放棄起初的目的。

「人的一天還真奇妙。誰也不知道會發生什麼事。我居然和素昧平生的妳一起喝酒。」

「對呀。素昧平生。」女人只是像趁著喝酒隨口說道。

「今天這一天，和妳喝酒就結束了。」

「結束了呢。」

「今晚，待會就要回去了嗎？」

「要回去了。孩子還一個人在家等我。」

「妳有孩子？」

女人連著喝了數杯，酒量很好。銀平就這樣乾看著女人喝。

在捕螢活動見到那個少女，在河堤被嬰兒的幻影追逐，現在又這樣和路上偶遇的女人喝酒，銀平實在無法相信都是一晚之間發生的事。不過，之所以無法相信，無疑是因為女人太醜。雖然現在不得不認為，捕螢活動看到美麗的町枝是真假難辨，在廉價酒館和醜女在一起才是現實，但銀平也覺得是為了追求夢幻少女，才和這個現實中的女人喝酒。這個女人越醜越好。藉此似乎可以看見町枝的倩影。

「妳為什麼穿雨鞋？」

「出門時，我以為今天會下雨。」女人的回答很明快。銀平被想看女人藏在雨鞋中的雙腳的誘惑捕捉。女人的腳如果很醜，豈不是更適合作為銀平的對象了。

隨著越喝越多，女人更顯得醜陋。那隻小眼睛變得更小。女人用那隻小眼睛對銀平拋媚眼，肩膀搖搖晃晃靠過來。銀平抓著她的肩也沒避開。銀平感到抓著的是骨頭。

「瘦成這樣不行喔。」

「沒辦法，我一個婦道人家要養小孩。」

據說母子倆在巷子裡租了一個小房間。據說十三歲的女兒已經上中學了。據說丈夫戰死了。雖不知真假，但她有孩子應該是真的。

「我送妳回住處。」銀平再次說，女人本來點頭同意了，但她最後一本正經說，

「家裡有孩子，不能在我家喔。」

銀平和女人面對廚師並肩而坐，但女人不知幾時轉身面對銀平，歪身幾乎靠在他身上。看樣子似乎要委身於他。銀平就像來到世界盡頭般悲哀。雖然其實沒什麼悲哀的大事，但或許是因為這是看到町枝的夜晚。

女人喝酒的方式很惹人厭。每次叫酒，都會先窺探銀平的臉色。

「再喝一瓶吧。」銀平最後說，

「會走不了路喔，沒關係？」她把手撐在銀平膝上，

「只能再一瓶，杯子給我。」

杯中酒從唇角流下，也滴到桌上。曬黑的臉變成醬紫色。

走出關東煮店，女人挽住銀平的手臂。銀平抓著女人的手腕。意外地光滑。路上遇見賣花女。

「給我買一束花。我要帶回去給孩子。」

然而，女人把那束花交給陰暗街角的拉麵攤老闆。

「大叔，借放一下。我馬上回來拿。」

把花交出去後，女人醉得更厲害了。

「我都不知多少年沒有男人了。不過，沒辦法。有時遇上了算是倒楣吧。」

「嗯。是很相配。沒辦法。」銀平不情願地附和，但他只是對和女人同行的自己感到厭惡。只是被想看女人雨鞋中的腳那個誘惑給驅使。但就連那個，銀平似乎也已看見了。女人的腳趾雖不像銀平那樣宛如猴子卻很醜，肯定有褐色的老皮，銀平想到兩人伸出赤裸雙腳的情景，幾乎嘔吐。

銀平不知要去何處，任由女人帶著走了一會。走進小巷，來到小小的稻荷神社前。旁邊就是幽會用的廉價小旅社。女人遲疑了。銀平鬆開女人纏上來的手臂。女人歪倒在路旁。

「既然孩子還在家等妳，那就早點回去吧。」銀平說完就走了。

「混蛋，混蛋！」女人叫喊，不停拿神社前的小石子扔他。其中一顆打到銀平的腳踝。

「好痛！」

銀平拖著跛腳走路，覺得很窩囊。在町枝的腰間掛上螢火蟲籠後，自己為何沒有直接回家呢。回到租住的二樓脫下襪子，腳踝已微微發紅。

湖

作　　者　川端康成
譯　　者　劉子倩
主　　編　溫芳蘭

總 編 輯　李映慧
執 行 長　陳旭華（steve@bookrep.com.tw）

出　　版　大牌出版 / 遠足文化事業股份有限公司
發　　行　遠足文化事業股份有限公司（讀書共和國出版集團）
地　　址　23141 新北市新店區民權路 108-2 號 9 樓
電　　話　+886-2-2218-1417
郵撥帳號　19504465 遠足文化事業股份有限公司

封面設計　BIANCO TSAI
排　　版　新鑫電腦排版工作室
印　　製　中原造像股份有限公司
法律顧問　華洋法律事務所　蘇文生律師

定　　價　380 元
初　　版　2024 年 11 月

電子書 E-ISBN
978-626-7491-88-1（EPUB）
978-626-7491-87-4（PDF）

國家圖書館出版品預行編目資料

湖 / 川端康成 著 ; 劉子倩 譯 . -- 初版 . -- 新北市 : 大牌出版 , 遠足文化事業股份有限公司 , 2024.11
192 面 ; 13×18.6 公分
譯自：みずうみ
ISBN 978-626-7491-89-8（平裝）

861.57　　　　113013834